LA COMÉDIE DE FRANCION

de gillet

A PARIS,
Chez TOVSSAINCT QVINET, au Palais dans la petite salle, sous la montée de la Cour des Aydes.

M. DC. XLII.
Auec Priuilege du Roy.

A MONSIEVR PRIEVR, PROCVREVR AV PARLEMENT de Paris, & Controlleur Tiers Referandaire.

MONSIEVR,

Ie presente vn ouurage d'vn bel esprit à celuy dont la suffisance est capable de l'estimer, comme il faut & de luy donner le prix qu'il merite. L'Autheur m'a permis d'en disposer, & i'ay creu que ie ne pouuois mieux presenter cette piece qu'à vous, puis que vous sçauez cognoistre parfaictement l'excelence des belles choses. On croira peut-estre que c'est le ressentiment des obligations que ie vous ay qui me porte à vous rendre cét hommage, mais encor que ie sois parfaitement recognoissant, ie vous prie de croire que ie ne le rends pas tant à vos biens-faits qu'a vous mesme. Cette rare probité qui vous fait paraistre incorruptible dans vne profession où la corruption est si commune : Cette belle affabilité qui vous fait estimer dans les plus belles compagnies, comme vôtre intelligence aux affaires, vous fait considerer aux Cours souueraines ; enfin cette grande estenduë de cœur qui vous fait aymer tout le monde & moy en particulier, sont les motifs qui m'ont excité à declarer au public, que les plus rares productions peuuent receuoir vn nouueau charactere de merite paraissant sous vostre nom, & que la plus glorieuse qualité que ie porte c'est celle de

MONSIEVR

Vostre tres-humble tres-obeissant & obligé seruiteur,

TOVSSAINCT QVINET.

PRIVILEGE DV ROY.

LOVIS Par la grace de Dieu Roy de France & de Nauarre, A nos amez & feaux Conseillers les Gens tenants nos Cours de Parlement, Maistre des Requestes ordinaires de nostre Hostel, Baillifs, Seneschaux, Preuosts leurs Lieutenants, & à tous autres de nos iusticiers & officiers qu'il appartiendra Salut, Nostre cher & bien amé *Toussainct Quinet*, Marchant Libraire de nostre bonne ville de Paris, nous a fait remonstrer qu'il desireroit faire imprimer vne pièce de Theatre, intitulée *La Comedie de Francion*, ce qu'il ne peut faire sans auoir sur ce nos lettres humblemẽt nous requerant icelles. A ces causes desirant traitter fauorablemẽt ledit exposant: Nous luy auons permis & permettons par ces presentes de faire imprimer, vendre & debiter en tous les lieux de nostre obeissance ledit liure en telle marges, & en tels caracteres & autant de fois que bon luy semblera durant l'espace de *cinq ans entiers & accomplis*, à compter du iour qu'il sera acheué d'imprimer pour la premiere fois, & faisont tres expresses deffences à toutes personnes de quelque qualité & condition qu'elles soient de l'imprimer, faire imprimer vendre ny debiter durant ledit temps en aucuns lieux de nostre obeissance sans le consentement de l'exposant, sous pretexte d'augmentation, correction, changement de tiltre, fauces marques, ou autres en quelques sortes & maniere que ce soit, à peine de trois mil liures d'amende payable sans deport, & nonobstant oppositions ou appellations quelconques par chacun des contreuenants, applicables vn tiers à nous, vn tiers à l'Hostel Dieu de nostre bonne ville de Paris, & l'autre tiers audit exposant, confiscation des exemplaires contrefaits, & de tous despens dommages & interests, à condition *qu'il sera mis deux explaires dudit liure en blanc*, en nostre Bibliotheque publique, & vn en celle ne nostre tres cher & feal le sieur Seguier Cheualier, Chancelier de France, auant que de les exposer en vente à peine de nullité des presentes. Du contenu desquelles nous vous mandons que fassiez iouir & vser pleinement & paisiblement ledit exposant, & tous ceux qui auront droit de luy, sans qu'il leur soit donné aucun trouble ny empeschement, voulons aussi qu'en mettant au commencement ou à la fin dudit liure vn extraict des presentes, elles soient tenues pour deuément signifiées & que foy y soit adioustée, & aux coppies collationnées par l'vn de nos amez & feaux Conseillers & Secretaires comme aux originaulx. Mandons au premier nostre Huissier ou Sergent sur ce requis, de faire pour l'expedition des presentes tous exploits necessaires, sans demander autre permission; Car tel est nostre plaisir, Nonobstant clameur de Haro, Chartres Normande & autres lettres à ce contraires. Donné à Paris le 27. iour de Feurier, l'an de grace mil six cens 42. Et de nostre regne le trente deuxiesme.

Par le Roy en son Conseil

LE BRVN.

Les Exemplaires ont esté fournies.

Acheué d'imprimer pour la premiere fois le dernier May 1642.

PERSONNAGES.

VALANTIN, Seigneur du Bourg.
FRANCION, Seigneur François.
ANSELME, Parasitte & confident de Francion.
LAVRETTE, Femme de Valantin.
CATHERINE, Seruante & Garçon déguisé.
L'HOTESSE, Du logis ou demeuroit Françion.
LA SERVANTE, De l'Hostellerye.
OLIVIER, Gentil-homme pillé par les Voleurs.
PETIT IACQVES, Capitaine des Voleurs
MARSAVLT, Voleur.
LE PREVOST, Du Bourg.
LE PROCVREVR, Fiscal.
LVBIN, Paysan.
LEONARD, Paysan
BERTRAND, Paysan.

La SCENE est au Bourg la Reine.

FRANCION, COMEDIE.

ACTE PREMIER.

SCENE PREMIERE.

VALANTIN.

MOVR ne puis-je pas me dire miserable
Puis que tu mes contraire en m'estant fauorable,
Et que ie puis icy iustement t'accuser
De me donner des biens dont ie ne puis vser,
Depuis plus de deux mois ie possede vne fame
Dont l'aymable beauté lance des traits de flame,

Et dont ie recognois que les puiſſans effors
Peuuent tout ſur mon ame & rien deſſur mon corps,
Sy toſt que ie la vois ou lors que ie l'embraſſe
Mon ardeur s'alantiſt ie me treuue de glace,
Et ie ne puis ſçauoir quel eſtrange malheur
Change ſi promptement ma boüillante chaleur,
Ie me trouue immobile & plus fraid qu'vne ſouche
Ie baiſe ſes beaux yeux ie paſme ſur ſa bouche,
Et lors que ie deurois m'enyurer de plaiſirs
C'eſt quand ie ſuis reduit à faire des deſirs,
Car loing de contenter mon amoureuſe enuie
Ie meurs du deſplaiſir de conſeruer la vie,
Et de ne pouuoir pas faire ce que ie veux
Lors que l'occaſion ſe preſente aux cheueux,
Car ſans dompter enfin l'ennuy qui me ſurmonte
Ie bleſmis de colere & ie rougis de honte,
De ne pas contenter mes bruſlantes amours
Lors que ie ſuis encore aux plus forts de mes iours,
Et que ie ne cognois aucune deffaillance
Qui doiue authoriſer vne telle impuiſſance,
Puis que ie ſuis pourueu de tout ce qui me faut
Que la nature en moy n'a point fait de deffaut,
Que ie me vois aymé de ma chere Laurette
Autant comme ie l'ayme & que ie le ſouhaitte,
Et qu'vn hymen ſacré me rendant ſon eſpoux
Me permet de cueillir ce qu'il a de plus doux,
Ha Dieux! à ce penſer mon mal ſe rend extreme
Et ie ſouffre vn tourment pire que la mort meſme.

Malheureux Valantin quel crime as tu commis
Pour te rendre l'amour & le Ciel ennemis,
Et toy chere beauté mon unique pensée
Rendray-je ton amour si mal reccompensée,
Et que ie ne puis pas te faire bien-tost voir
Qu'ayant la volonté ie manque du pouuoir,
Encore ce qui m'attriste & tout ce qui me fâche
C'est la crainte que i'ay que quelqu'vn ne le sache,
Puisque si ie pouuois descouurir mon tourment
I'en pourois esperer vn prõpt alegement (Laurette paroist)
Mais i'apperçois Laurette; ah Dieux qu'elle est aymable
Que son aspect m'est rude & qu'il m'est agreable.

SCENE II.

VALANTIN, LAVRETTE, CATHERINE.

LAVRETTE en l'abordant.

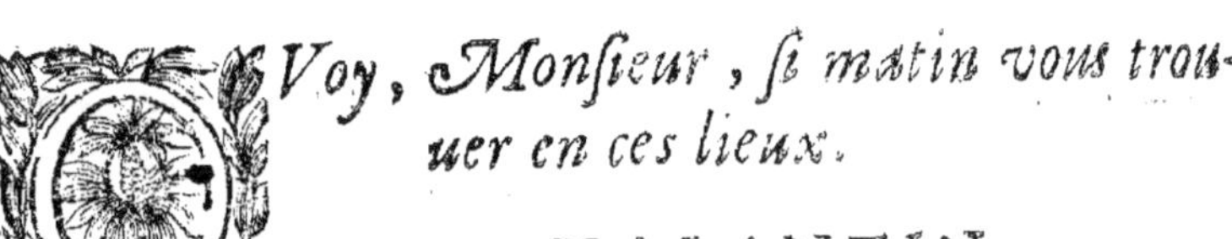

Q*Voy, Monsieur, si matin vous trouuer en ces lieux.*

VALANTIN.

Ne vous estonnez point delices de mes yeux.

LAVRETTE à l'escart.

Le beau nom.

VALANTIN.

Si ie viens dedans cette prairie
Chercher vn entretient propre à ma réuerie,
Puisque vous sçauez bien que ce qui m'y conduit
N'est que le triste estat ou le sort m'a reduit.

LAVRETTE.

Quel est donc vostre mal.

VALANTIN en souspirant.

Il n'est que trop visible.

LAVRETTE.

Monsieur ie n'en sçais point qui soit assez sensible,
Pour forcer vostre humeur au poinct ou ie la voy
Hé Dieux! vous souspirez est ce à cause de moy,
Embrassez vous si tost le soucy du mesnage
Et vous repentez vous de nostre mariage.

VALANTIN.

Non Madame il n'a rien qui ne me soit fort doux
Et tout mon desplaisir n'est qu'à cause de vous,
Craignant à tous momẽts de vous voir malheureuse.

LAVRETTE.

Monsieur deffaictes-vous de cette humeur peureuse,
Et ne me tenez plus de semblables propos
Si vous aymez mon bien comme vostre repos,
Car puisque nostre hymẽ joint nos deux cœurs ensẽble
Ie beniray tousiours le neud qui les assemble.

VALANTIN.

Et qui met dans vos bras vn malheureux espoux.

CATHERINE bas.

Qui n'a rien aprés tout qui soit digne de vous,

LAVRETTE à l'escart les 2. premieres.

Si tu veux m'obliger sois vn peu plus discrette
Et laisse moy flatter cét infame squelette,
Si vous continuez vous me ferez penser
Que vous ne me parlez qu'afin de vous gauser.

VALANTIN.

Me preserue le Ciel d'en auoir la pensée.

LAVRETTE.

Quittez dont ce discours dont ie suis offensée,
Et me dictez plustost pour charmer nostre ennuy
Quel diuertissement nous prendrons auiourd'huy,
Ayant accoustumé de fuyr la solitude
Ie ne vous celle point quelle m'est vn peu rude,
Et principalement quant ie suis dans les champs
Ou l'on ne doit songer qu'à bien passer le temps.

VALANTIN.

Madame proposez ie suiuray vostre enuie.

LAVRETTE.

Parmy tous ces plaisirs ou le temps nous conuie,
Pas vn ne me déplaist & ie les ayme tous.

VALANTIN.

Vous n'auez qu'à choisir.

LAVRETTE.

Ie m'en remets à vous.

VALANTIN.

Et bien gousterons nous du plaisir de la chasse.

LAVRETTE.

Ouy : Mais

VALANTIN.

Ie cognois bien que vous en estes lasse
Et que celle d'hyer.

LAVRETTE.

Ah ! Monsieur nullement,
I'yray si vous voulez.

VALANTIN.

Non faisons autrement,
Allons nous promener

LAVRETTE.

Le chaud nous en empesche

VALANTIN.

Prenons donc sans sortir le plaisir de la pesche,
Et pour auoir le frais allons vers le viuier
Et faisons y ietter quelques coups d'espreuier.

LAVRETTE.

C'est le meilleur dessein que nous eussiõs peu prendre
Allons.

VALANTIN.

Ne pressez rien.

LAVRETTE.

Quoy voulez-vous attendre.

VALANTIN.

Vn moment seulement pour nous faire aprester
Quelques prouisions pour y faire porter,
Afin que nous goustions sur l'aymable verdure
Tous les contentemens que donne la nature,
Et que nous y puissions auec vn tel festin
Passer plus doucement le reste du matin.

CATHERINE.

Puisque comme son corps son esprit est malade
Le plaisir qu'il promet vous semblera bien fade.

VALANTIN.

Que dis-tu?

CATHERINE.

Qu'il fait bon dessur des gasons verds
Gouster en folastrant mil plaisirs diuers,

Et

Et qu'il n'est rien encor qui charme dauantage
Comme d'estre a couuert souz vn sombre feüillage,
Ou malgré les rayons du Soleil & du iour
Chacun n'est eschauffé que des traits de l'amour,

VALANTIN.

Pour faire conceuoir ce plaisir à l'extreme
Dire qu'il faut estre encor proche de ce qu'on ayme,
Puisque quoy qu'il en soit nous ne cherissons rien
Quant nous ne voyons point nostre souuerain bien.

LAVRETTE bas.

Et c'est ce qui me rend ton aspect mesprisable
Puisque ie n'y vois point ce que i'y treuue aymable,
Ce Soleil de mes yeux ce Francion charmant
Qui cause mon plaisir comme toy mon tourment,
Mais nous tardons beaucoup.

VALANTIN.

Pardonnez-moy Madame,
Ie crains en vous quittant d'abandonner mon ame.

CATHERINE bas.

Ayant attaint quasi la derniere saison
Il a peur de mourir c'est auec raison.

VALANTIN.

Mais ie vais de ce pas reuenir toute à l'heure.

LAVRETTE.

Allez ne tardez point faictes peu de demeure.

SCENE III.

LAVRETTE, CATHERINE.

LAVRETTE.

Me voyant endurer iusques au dernier point
Catherine à la fin ne me plaindras tu point,
Ne donneras tu pas des souspirs à mes larmes
Ne m'aideras tu point en de telles alarmes,
Et suiuant le secours que i'espere de toy,
N'auras tu point de soin ny de pitié de moy,
Tu sçais que ce Titon m'est bien plus execrable
Que mon ieune adonis ne me semble adorable,
Et qu'en me le donnant mes plus proches parens
En pensant m'obliger ont esté mes Tyrans.

CATHERINE.

Ouy, Madame, il est vray vous estes bien à plaindre,
Et i'ignore comment vous vous pouuez contraindre,
Iusqu'au poinct de flatter ce vieux spectre viuant
Qui n'est que le portraict d'vn fantosme mouuant.

LAVRETTE.

Tu sçais que pour cacher le feu que i'ay dans l'ame
Il est bon de flatter.

CATHERINE.

Ouy ie le sçais Madame,
Mais ie m'estonne encor comme vous l'auez pris
Puisque d'vn autre objet vostre cœur est épris.

LAVRETTE.

Tu sçauras que l'affaire estoit presque concluë
Et qu'à ce mariage on m'auoit resoluë,
Lors qu'vn puissant demon que ie ne cognois pas
Me fit voir Francion pourueu de tant d'appas,
Qu'a son premier abord ie demeuray surprise
Mon ame par ses yeux luy donna ma franchise,
Et pour le faire court ie fus au mesme iour
De libre que i'estois vne esclaue d'amour.

CATHERINE.

M'ayant desia rendu vostre amour manifeste
Madame vous deuez m'en declarer le reste,
Et me conter icy sans crainte de tesmoins
Comme vint cét amour en y pensant le moins.

LAVRETTE.

En deux mots seulement ie te vais satisfaire
I'estois dedans Paris ma demeure ordinaire,
Lors que tous mes parens pressez par Valantin
Ou plustost par l'arrest de mon mauuais destin,
M'accorderent à luy souz le joug d'hymenée
Et i'approchois desia cette triste iournée,
Quant ma mere me dit qu'il falloit aller voir
Quelques chesnes de prix que ie voulois auoir,
Ce que luy promettant sans autre resistance
Beaucoup mois par amour que par obeïssance,
Dés le mesme moment Valantin nous mena
Pour auoir ces joyaux qu'enfin il me donna:
Mais tu remarqueras que cette belle chesne
Fut le charmant objet de celle qui me gesne,
Quelle fust le tesmoin de ma captiuité
Et que bien-tost aprés ie fus sans liberté:
Car à peine auons nous entré dans la bouticque
D'vn marchand qui logeoit vers la place publique,
Que nous vismes entrer aussi-tost auec nous
Vn homme dont les traits me parurent si doux,

Qu'à son premier aspect mon ame fut émeuë
Elle brusla soudain d'vne flâme impreueuë,
Et sans pouuoir nommer l'instinct qui la causoit
Plus i'en voyois l'objet & plus il me plaisoit.

CATHERINE.

Estoit-ce Francion.

LAVRETTE.

Ouy chere Catherine
C'est luy qui me parût d'vne grace diuine,
D'vn port majestueux & tel qu'estoient les Dieux
Quant amour les forçoit d'abandonner les Cieux.

CATHERINE.

Quel sujet l'amenoit.

LAVRETTE.

Ce fut ma seule veuë
Car m'ayant rencontré dans la prochaine ruë,
Il me suiuit des yeux iusqu'à tant qu'il me vit
Entrer chez le marchand ou son œil me rauit.

CATHERINE.

Mais enfin que fit il, dites moy ie vous prie.

LAVRETTE.

Il se seruit alors d'vne grande industrie,

Car faignant d'achepter vn fort beau diamant
Il m'aborda sans peine & fort facilement.

CATHERINE.

Si bien que vous pourriez dire auec asseurance
Ignorant d'où vos feux auroient pris leur naissance,
Qu'il se seruit alors de quelque enchantement
Pour gagner vostre esprit auec vn diamant.

LAVRETTE.

Qu'il m'esblouyt les yeux par l'esclat d'vne pierre
Comme quand le Soleil reflechit sur du verre,
Car ses yeux pleins de feux qu'il me vouloit bailler
Frappoient le diamant & le faisoient briller:
Mais ie vois Valantin, a tantost Catherine.

CATHERINE.

Courez donc au deuant & faictes bien la fine,
Si tu recognoissois mon sexe & mon dessein
Tu cacherois l'ardeur qui regne dans ton sein.

SCENE IV.

PETIT IACQVES, MARSAVLT, OLIVIER, Et leur ſuitte.

PETIT IACQVES.

NE tiens plus les diſcours dont tu nous importunes
Songe au bien qui t'attend plus qu'à nos infortunes,
Montre nous des eſſais de generoſité
Et fais vne vertu de la neceßité,
Sçache que comme toy nous ſommes Gẽtilshommes
Que nous aymons l'honneur tout voleurs que nous ſommes,
Que nous n'oſtons iamais ce qu'on nous veut donner
Et qu'il n'eſt rien en nous qu'on puiſſe condamner,
Si nous prenons des biens on nous a pris les noſtres
Le mal qu'on nous a fait nous le faiſons aux autres,
Et pour tout dire enfin dans cette extremité,
Nous rendons auiourd'huy ce qu'on nous a preſté,

Sçache que i'ay ſuiuy plus de vingt ans les armes
Que i'ay paru ſans peur au milieu des alarmes,
Que i'ay long temps ſeruy ma patrie & mon Roy
Mais que depuis ſix mois ie ne ſers plus que moy,
Qu'aprés auoir mangé tout mon faict à l'armee
Ie ne me repais plus d'vne vaine fumee,
Et que i'ayme bien mieux tenter mille haſards
Deſſur les grands chemins que dans le champ de Mars.

OLIVIER.

Ouy, Monſieur, ce meſtier eſt bien plus profitable
Mais aduoüez pourtant qu'il eſt moins honorable,
Et qu'il eſt mal aiſé quoy qu'on gagne beaucoup
Qu'vn homme cõme moy l'exerce au premier coup.

PETIT IACQVES.

Au contraire l'amy tout homme de courage
Embraſſe auec ardeur le meurtre & le carnage
Il s'y porte ayſément quand il s'y void contraint
Et meſpriſer l'honneur bien plus qu'il ne la craint,
Moy meſme i'en ay faict & l'eſpreuue & l'exemple
I'ay dérobé d'abord iuſques dedans le temple,
I'ay tué des paſſans i'ay volé des marchands
I'ay pillé dans la ville autant que dans les champs,
En portant la terreur en plus de cent familles
I'ay forcé bien ſouuent des femmes & des filles.

OLIVIER

OLIVIER bas.

Les belles actions.

PETIT IACQVES.

Mais laissant ce discours
Aprans que nous auons besoin de ton secours.

OLIVIER.

Pourquoy.

MARSAVLT.

Pour faire vn vol dans la maison prochaine.

OLIVIER.

Comment.

MARSAVLT. feignant d'estre en colere.

Que di-je.

PETIT IACQVES.

Rien, ne t'en més en peine,
Nous auons la dedans vn ieune homme de cœur
Qui brauant le peril aussi bien que la peur
Pour ayder au dessein que nous auons dans l'ame
A pris depuis deux mois les habits d'vne femme,
Il y faint de seruir, & se cache si bien
Que tous ceux du logis n'en recognoissent rien.

OLIVIER. bas.

Feignons donc cõme luy puis qu'il est bon de feindre.

MARSAVLT.

Responds.

OLIVIER.

Ie suis a vous, vous ne deuez rien craindre.

PETIT IACQVES.

Mais nostre Agent s'approche.

OLIVIER.

Ah! quelle trahison?

SCENE V.

CATHERINE, PETIT IACQVES, OLIVIER, MARSAVLT, LAVRETTE,

IE n'ay iamais pensé sortir de la maison
Et si ie n'eusse vsé d'vne grande finesse
Ie n'eusse peu quitter nostre sainte maistresse.

MARSAVLT.

Et bien quand pourrons nous voler ce grand tresor?

PETIT IACQVES.

Sera-ce ſur le ſoir.

CATHERINE.

Il faut attendre encor.
Car dedans peu de temps ainſi que ie l'eſpere.

PETIT IACQVES.

Tu remets tous les iours.

CATHERINE.

He bien, qui puiſ-je faire,
Ne vaut il pas bien mieux attẽdre vn peu de temps,
Que de nous voir fruſtrer honteux & mal contans.

PETIT IACQVES.

Sy nous eſtions traitez comme toy chez vn maiſtre
Rien ne nous preſſeroit.

CATHERINE.

Tu le ſeras.

PETIT IACQVES.

Peut eſtre.

CATHERINE.

Tu n'en dois point douter, Mais dis moy cher amy,
Quel est ce compagnon qui paroist endormy
L'on diroit à le voir qu'il seroit immobile.

PETIT IACQVES.

Cher frere tel qu'il est, il nous est fort vtile.

CATHERINE.

Mais où las tu donc pris.

PETIT IACQVES.

Tu le sauras tantost
N'en dis mot seulement, voila ce qu'il nous faut.

CATHERINE.

Pourueu qu'il ait des yeux des mains & des oreilles
Estans aueq nous il fera des merueilles.

OLIVIER

Ouy Monsieur, i'ay le bien d'auoir des qualités.

CATHERINE.

I'en conçois quelque espoir.

OLIVIER.

Que si vous en doutez
Leffet quand vous voudrez plegera ma parole.

MARSAVLT.

He bien qu'en dites vous.

CATHERINE.

Qu'il est assez bon drolle.

OLIVIER.

Ouy ma foy ie le suis.

CATHERINE.

Mais ie sors de ce lieu
Sers nous fidellement.

PETIT IACQVES.

Iusqu'au reuoir.

CATHERINE.

Adieu.

SCENE VI.

FRANCION, ANSELME

FRANCION.

E m'en destourne point fais ce que ie
desire,
Ie suis venu trop loin pour m'en pou-
uoir dédire,
Et mal gré tes discours ie suis trop bien sensé
Pour quitter vn dessein que i'ay bien commencé,
Quant il m'en cousteroit & l'honneur & la vie
Ie verray cét objet dont mon ame est rauie,
Et seray trop content si mon deguisement
Me fait auoir le bien de la voir vn moment.
Pas vn ne me connoist & dedans ce vilage
Tout rit à mes souhaits & me donne courage
Car outre ma finesse & mes habillements
Ces phiolles ces oultis, & ces medicaments
Dont l'on ma tantost dit l'vsage & la praticque
Me feront estimer vn fameux Emperique,

Ainsi ie pouray voir auec facilité
Celle que mon riual tient en captiuité,
Ie pourray luy parler sans nulle deffiance
Allant voir Valentin pour auoir sa puissance,
De prendre en son pays le nom d'Operateur
Et d'y faire vn mestier.

ANSELME.

Qui perdra son Auteur,

FRANCION.

Que si tu tiens encore ce dessein pour infame
Sçache pour m'exempter de reproche & de blasme,
Que Iupiter jadis pour vn sujet moins beau
Prit tout Dieu qu'il estoit la forme d'vn Taureau.

ANSELME.

Ditez sans vous couurir de ce pretexte honneste.
Qu'Amour fait aysement d'vn amant vne beste
Qu'il priue de raison tous ceux qu'il a vaincus.

FRANCION.

Il dompte tous les Dieux.

ANSELME.

Exceptez en Bacus,
Reuerez auec moy ce grand Dieu des Boutailles,

Qui produit tous les iours de si rares merueilles,
Et qui me fait ioüir auec fort peu déforts
D'vn plaisir qui pourroit ressuciter des morts,
C'est auec ce grãd Dieu que l'on n'a point de crainte
Que l'on ne fait iamais de regrets ny de plainte,
Que l'on ne cognois point l'vsage des soupirs
Et qu'on peut tous les iours contenter ses desirs,

FRANCION.

Laisse tous ces discours Anselme ie te prie,
Cesse de te railler.

ANSELME.

Sy faut il que ie rie,
Oui vous n'aurez iamais de repos auec moy.

FRANCION.

Ouy, parce que tu sçais que i'ay besoin de toy.

ANSELME.

Bien ie ne diray mot, Mais acheuez de grace,
Le discours dont hyer nous quitasme la trace.

FRANCION.

Sy ie m'en resouuiens, ie t'ay desia compté
Comme ie vis Laurette auec subtilité,

Et

Et comme i'acheptay pour m'aprocher pres d'elle
Vne Bague de prix qu'elle treuua fort belle.

ANSELME.

Ouy, Monsieur il est vray, vous m'auez dit cela,
Et m'auez raconté comme elle s'en alla.

FRANCION.

Pour donc auoir encor le bon heur de sa veue,
Ie demanday son nom sa demeure & sa ruë.

ANSELME.

A qui cela Monsieur.

FRANCION.

Au Marchand ou i'estois

ANSELME.

He bien vous le dit-il, fut il assez courtois.

FRANCION.

Ouy, ie fus satisfait, & i'apris dauantage
Quelle estoit accordée auec vn homme d'age,
Qui tachant de se rendre agreable à sos yeux
Luy venoit d'achepter des ioyaux precieux.

ANSELME.

En fin que fites vous.

FRANCION.

Scachant dont sa demeure
Desireux de la voir i'y fus des la mesme heure.

Mais le malheur voulut que l'on me la cela
Et ie ne la vis pas qu'à quinze iours de là.

ANSELME.

Mais luy parlastes vous.

FRANCION.

Ouy.

ANSELME.

Mais de quelle sorte

FRANCION.

Comme vn iour ie passois, ie la vis sur sa porte,
Et lors pour l'accoster auec quelque raison
Ie luy vins demander s'y prés de sa maison
Il ne demeuroit point vn nommé Periandre.
Ce qu'en fin ne pouuant aucunement m'aprendre,
Ie changay de discours & comme tout surpris
Ie la remerciay du soin qu'elle auoit pris,
Lors elle me respond, Mais auec vn langage
Qui m'obligea d'abord d'en dire dauantage,
Car pour le faire cour, ie luy dis mon dessein
Ie recognus l'ardeur quelle auoit dans le sein.
Elle mesme m'a prit son funeste Hymnenée
Me promit de la voir la premiere iournée,

Où n'ayant point manqué i'appris que son époux
Estoit d'vn naturel & barbare & ialoux,
Et que le lendemain cét homme tout sauuage
Lenmenoit pour long temps viure dans son village.

ANSELME.

Bref.

FRANCION.

Aprés cent discours elle me dit adieu
Et me pria sur tout de venir en ce lieu
Mais si bien deguisé qu'on ne me peut connoistre.

ANSELME.

Voila qui va fort bien, Mais que vois-je paroistre.

FRANCION.

C'est l'hosteße qui vient la seruiette à la main.

SCENE VII.

FRANCION, ANSELME L'HOTESSE

L'HOTESSE.

LE desjuner est prest.

ANSELME.

Aurons nous de bon vin.

L'HOTESSE.

Ouy Monsieur, le meilleur de toute la contrée.

ANSELME.

Qu'auez vous, preparez.

L'HOTESSE.

Vous aurez pour l'entrée
Vn dindon, deux perdrix, aueq vn gras chapon.

ANSELME.

Mais vous ne parlez point de membre de mouton.
N'en auez vous pas mis.

L'HOTESSE.

Non.

ANSELME.

Metez en de grace
Aueq vn aloyau des plus gras de sa race.

L'HOTESSE.

Nous n'auons qu'vn mouton que l'on vient des-gorger
Il est encor tout chaud.

ANSELME.

Qu'on m'en donne a manger.

L'HOTESSE.

Mais il sera bien dur.

ANSELME.

Ie le treuueray tendre
Donnez ne faignez point, ie ne sçaurois attendre.

L'HOTESSE.

Monsieur vous vous mocquez.

ANSELME.

Non Madame i'en veux.

LHOTESSE.

Ce que i'ay preparé suffira pour vous deux
Et puis vn tel manger n'est pas trop delectable.

ANSELME.

N'importe metez en, ie mengerois le Diable,
Quoy qu'il en soit mes dens ne s'en casseront point
Et ie n'en feray point eslargir mon pourpoint,
I'ay le ventre plus creux qu'vne basse de violle
I'ay dedans plus de vents que n'en retient Eolle
Et

FRANCION.

Finis ces discours dont tu nous estourdis
Ah! Dieux les beaux tetons qu'ils sont bien rebõnis.
Quoy qu'il puisse arriuer il faut que ie les baise.

L'HOTESSE.

Ouy vraynent il le faut, vous parlez à vostre aise.
Arrestez vous? Aga.

FRANCION.

Que ce plaisir m'est doux
Il faut recommencer.

L'HOTESSE.

La Monsieur tenez vous.
Vous n'estes pas boucher pour tant tater la viande.

FRANCION.

Non mais ie l'ayme bien.

ANSELME.

La petite friande
Monsieur sortons dicy, car tout se refroidit.

FRANCION.

Allons ie le veux bien.

ANSELME.

Faites ce que i'ay dit.

L'HOTESSE.

Bien, mais ie vais tousiours faire mettre sur table.

FRANCION.

Anselme quelle est belle.

L'HOTESSE.

Ah! Dieux quelle est aymable.

Fin du Premier Acte.

ACTE II.

SCENE PREMIERE.

L'HOTESSE, LA SERVANTE.

L'HOTESSE.

Es as tu veux sortir ont ils changé d'habits.

LA SERVANTE.

Ouy Madame il est vray comme ie vous le dis.

L'HOTESSE.

*Ile ont quelque dessein que ie ne puis connoistre
Mais d'où les as tu veux.*

LA SERVANTE.

I'estois à la fenestre.

L'HO-

L'HOTESSE.

Quel chemin tiennent ils.

LA SERVANTE.

Ils vont vers le chasteau
Et marchent doucement le né dans le manteau,
Mais madame en tout cas vous auez de bons gages
Leurs cheuaux leurs habits, & tout leurs équipages,
Valent bien pour le moins ce qu'ils ont dépensé.

L'HOTESSE.

Ie n'estime rien moins que ce qu'ils ont laissé
Et si tu cognoissois, Mais cachons nostre faute.

LA SERVANTE.

Madame ie voy bien que vous aymez nostre hoste.

L'HOTESSE.

Il est vray,

LA SERVANTE.

Mais au moins laissez moy son valet.

L'HOTESSE.

Va ne te mocque point, le party n'est pas laid
N'est il pas en bon point? n'a til pas bonne mine.

E

LA SERVANTE.

Et principalement dedans vne cuisine.
C'est là qu'il sçait parestre auec vn grand esclat,
Et qu'il sçait nétoyer adroitement vn plat
Iamais ie n'en ay veu qui luy soit comparable.
Il a mangé luy seul tous les mets de la table,
Et pour tout dire en fin il a tant beu de vin,
Que celuy qui seruoit en a mal à la main.

L'HOTESSE.

Mais tu l'aime pourtant, quoy que tu veüille dire.

LA SERVANTE.

Ma foy c'est vn gallant, il à le mot pour rire.
Et ie fais tant d'estat de sa ioyeuse humeur
Que ie l'ayme.

LHOTESSE.

Ah! vrayment tu luy fais trop d'honneur,
Et si tost qu'il viendra dans cette hostellerie
Ie luy feray sçauoir.

LA SERVANTE.

Madame ie vous en prie
Vous me ferez plaisir.

L'HOTESSE.

Au moins nous en rirons,
Mais pour moy ie ne ſçay ce que nous reſoudrons.

LA SERVANTE.

Madame commandez, ie vous ſuis toute acquiſe.

L'HOTESSE.

Viens ie te conteray quelle eſt mon entrepriſe.

SCENE II.

VALANTIN, FRANCION, ANSELME, en habits d'Operateur.

VALANTIN.

Vy, demeurez mon maiſtre, en toute liberté.

FRANCION.

Vous m'obligez beaucoup ſans l'auoir merité.

VALANTIN.

Ie ferois plus pour vous si ie le pouuois faire.

FRANCION.

Comment aprés cela puis-je vous satisfaire.

VALANTIN.

Sy vous voulez vous mettre au rang de mes amis
Faites moy le recit que vous m'auez promis.

FRANCION.

Monsieur, ie vous diray, s'il vous plaist de m'entendre
Que le desir de voir aussi bien que d'aprendre,
Me fit abandonner dés l'age de quinze ans
Le lieu de ma naissance & mes plus chers parans,
D'abord cette Prouince en merueille feconde
L'honneur de l'vniuers la maistresse du monde,
L'Italie en vn mot par des secrets appas
Attira puissamment & mon cœur & mes pas,
Et ie me disposois pour y passer ma vie
Lors qu'vn nouueau dessein m'en fit perdre l'enuie,
Ie quittay donc porté d'vn desir curieux
Ce climat si charmant & si delicieux,
En suitte m'estant mis sur vn vaisseau de Genes,
I'arriuay sans peril & sans beaucoup de peines,

Sur les costes d'Espagne ou Lebre si fameux
Rend tribut à la mer de ses flots escumeux,
Ie ne demeuray guere en cette ingrate terre
Pour aller visiter l'agreable Angleterre,
La guerriere Holande, Et ces champs que le cours
Du Renommê Danube engresse tous les iours.

ANSELME.

Qu'il est iudicieux, qu'il à bonne memoire
Qu'il ment bien à propos & qu'il en fait acroire,
Puissay-je deuenir vn celebre matin
S'il a iamais passé Vaugirard ou Pantin.

FRANCION.

Assez prés de sa source.

ANSELME.

Où les Asnes vont boire.

FRANCION.

S'esleue vne forest aussi vieille que noire
Et qui seruoit d'azille aux antiques Germains
Quant ils estoient pressez par les soldats Romains,
Ladedans loing du bruit & de l'inquietude
Vn vieillard Alemant s'apliquoit à l'estude
Et sans estre ialoux du bon heur des Cesars
Occupoit son esprit à cultiuer les arts,

Tout ce qui voit le iour tout ce qui prend naiſſance
Tomboit euidemment deſſous ſa cognoiſſance,
Il ſçauoit la vertu des moindres vegetaux
Et diſcouroit des mieux du pouuoir des metaux,
Il eſtoit bien versé dedans l'Aſtrologie
Et pratiquoit ſouuent cette honneſte Magie,
Qui peut ſans offencer le ſouuerain des Dieux
Eſtonner la Nature & charmer tous les yeux.

ANSELME.

Monſieur vous oubliez le plus conſiderable
Car il iettoit les dez d'vne adreſſe admirable,
Attaquoit vn jambon d'vn effort plus qu'humain
Et vidoit tout d'un trait quatre pintes de vin.

FRANCION.

Sur tout il excelloit dedans la medecine
Cette profeſſion eminente & diuine,
Qui maintient la ſanté dans les plus foibles corps
Et nous deffend ſi bien contre le Dieu des morts,
Il ſçauoit mieux qu'aucun qu'elle herbe eſt abſter-
ſiue
Qu'elle ouure les conduits qu'elle eſt diſsicatiue
Qu'elle par ſa chaleur meurit les cruditez
Qu'elle diſſout le flegme, & les viſcoſitez.
Qu'elle purge le ſang, qu'elle chaſſe la bille

Qu'elle abstrint ou digere, & quelle desopille,
Et sans rien obseruer que l'vrine & le poux
Descouuroit tous les maux qui s'attachent a nous,
Il guerissoit la fieure intermitante heticque
Ainsi que lephemere & la simptomaticque,
Par le moyen d'vn eau tres agreable au goust
Benigne en ses effets & de fort peu de coups,
Il soulageoit bien tost la prompte apoplexie
Lincube dangereux la triste epilepsie,
Mais sur tout il auoit des secrets de haut pris
Pour combatre le mal que l'on prend chez Cipris.

ANSELME.

Monsieur vous en parlez & par experience
Il exerça sur vous ses secrets d'importance,
Ie crois bien que sans luy vous eussiez eu besoin
D'aller iusqu'en Surye & peut estre plus loing.

FRANCION.

Il composoit d'vn baume à fermer les blesseures,
D'vn onguent souuerain pour toutes les brusleures,
D'vn emplastre gomeux à mettre sur le sein
Et d'vn sauon musqué pour nettoier la main.

ANSELME.

Sur tout il entendoit la Phisionomie
Il se mesloit aussi de soufler l'Alchemie

Et quant on luy donnoit vn malheureux douzain
Il deuinoit des mieux en regardant la main,
Il fixoit le mercure en disant trois paroles
Et mesme fabriquoit des mauuaises pistolles,
Il voulut m'enseigner ce mestier merueilleux.
Mais ie luy remonstray qu'il estoit perilleux
Que quiconque l'exerce est sujet à la corde
Et que pour luy les loix sont sans misericorde.

FRANCION.

Ne veux tu pas te taire insolent effronté.

ANSELME.

On qualifie ainsi qui dit la verité.

VALANTIN.

Odieux ! le rare esprit.

FRANCION.

Cét homme venerable
Employant à m'instruire vn soin incomparable,
Ie deuins si sçauant en moins de quinze mois
Que ie legalois bien si ie ne le passois,
Aprés qu'il m'eust montré sa doctrine profonde
Ie sortis de chez luy pour courir tout le monde,
Et contenter mes yeux de tant d'obiets diuers
Qu'en suporte la terre, & qu'enfermoit les mers,

I'aurois trop de sujet pour emplir cent volumes
Sy ie voulois parler des forces des Coustumes,
De l'ordre Politicque, & des Religions
Que tiennent auiourd'huy toutes les Nations,
Il suffit que i'ay veu des montagnes bruslantes
Des abismes sans fonds, & des Isles flottantes,
Que ie me suis treuué mais non pas sans trauaux
Chez des peuples polis & des peuples brutaux,
Que i'ay senty l'ardeur qui deserte l'Afrique
Enduré les hyuers qui sont sous l'Entarticque,
Et fait plus de chemin que ce fameux vaisseau
Dessur qui Magelan tourna la terre & l'eau.

ANSELME.

Quoy qu'il raconte icy de son rare merite
Il n'a iamais rien fait qu'escumer la marmitte,
Que garder les tisons, & battre le paué

FRANCION.

Il n'est point de secrets que ie n'aye esprouué
Mais pour tirer du fruict de mes facheux voiage,
Ie conferay long temps en Perse auec les Mages
Dans l'Inde Orientale auec les Braquemanes
Et dans la basse Asie auec les Talismanes,
Ie fis en mille endroits des cures fort celebres
Au Prince de Congo ie remis les Vertebres,

Ie conseruay la veuë au Roy de Cananor
I'ostay la siatique au superbe Mogor,
Ie pensay le Negus d'vne vlcere incurable,
Et gueris le grand Can, d'vn abséz incroyable,
Enfin ie debitay mes remedes puissants
En la splandide Cour du Sophy des Persans,

ANSELME bas.

Il me souuient encore que depuis dans Micence
Il guerit vn pourceau d'vne grande migraine,
Qu'il pensa pour le moins dix cheuaux du farcin
Et qu'il remit aussi la cuisse d'vn poussin.

FRANCION.

Lors que le Grand Seigneur assiegeoit en personne
Sur l'Euffrate campé la forte Babilone,
Il aduins par malheur vn boulet de canon
Frapa son Grand Visir au dessous du sternon
Chacun le croioit mort, on voyoit ses entrailles
Et on luy preparoit de belles funerailles.
Lors que ie le frottay de mon baume excelent
Tout à l'heure son mal deuint moins violent,
Le quatriesme iour il visita l'armée
Qui fut par ce spectacle au dernier point charmée,
Et confessa tout haut que mon medicament
Operoit sur les corps miraculeusement.

VALANTIN.

Vous meritez encor de plus grandes loüanges
Ie crois que vostre esprit tient de celuy des Anges,
Et que les iustes Dieux vous ont conduit icy
Pour aleger ma peine & finir mon soucy,
Mais Laurette s'aproche ô venuë importune
Pouuoit il m'arriuer vne pire infortune.

FRANCION.

C'est elle ie la vois cét objet nompareil
Qui m'esblouit les yeux comme vn autre soleil,
Que de diuins apas, que d'adorables choses
Que d'extremes beautez que de lys & de roses
Toy qui mis autrefois son portrait dans mon sein
Amour fais prosperer mon genereux dessein.

SCENE III.

VALANTIN, FRANCION, ANSELME, LAVRETTE, VALANTIN.

Adame venez voir vn homme incomparable.

FRANCION.

Ah Monsieur ie nay rien qui soit considerable
Sy ce n'est le desir que i'ay de vous seruir
Et cela m'est vn bien qu'on ne me peut rauir.

LAVRETTE

Puisque vous l'estimez il est digne de gloire
Ie crois qu'il vaut beaucoup.

VALANTIN.

Vous le pouuez bien croire

FRANCION.

Sy cét homme me loüe au lieu de me hayr
Est il rien desormais qui me puisse trahir.

VALANTIN.

Je luy viens maintenant doctroyer la puissance
De debiter icy ses secrets d'importance,
Et d'y faire deux mois vn honneste trafic
Qui ne sçauroit tourner qu'au profit de public.

FRANCION.

Sy mes secrets dans peu ne treuuent point de bornes
Nous verrons sur ton front vne forests de cornes.

LAVRETTE.

Mais encor qu'à-il donc.

VALANTIN.

Des secrets sans égaux
Pour guerir promptement toutes sortes de maux,
Il est des plus sçauans qui soient dedans la France
Il sçait parler de tout auec experience,
Et vient si bien about de ce qu'il entreprend
Qu'il se fait admirer du plus indiferend,
Il a veu les pays les plus deserts du monde
Et bref son éloquence est tellement feconde
Que lors qu'il m'a conté le chemin qu'il à fait.
I'ay demeuray rauy surpris & satisfait.

LAVRETTE.

Il est donc Medecin.

ANSELME.

N'en soyez plus en peine
Madame il est Docteur de la Samaritaine,

LAVRETTE.

Et par consequent donc grand aracheur de dents.

FRANCION.

Ouy Madame, & i'en ay plus de cent la dedans,
Qui sont d'vne grosseur toute prodigieuse.

LAVRETTE.

De grace montrez les.

FRANCION.

La chose est curieuse
Et bien digne de voir tant pour sa rareté
Comme pour faire foy de ma dexterité,
I'ay tout seul le secret de les tirer sans peine
Tous les autres n'en font qu'vne promesse vaine.
Et l'on sçait qu'à Paris Carmeline & du Pont
Ne tiennent que de moy la science qu'ils ont,
Mais voiez s'il vous plaist.

LAVRETTE.

Ah! Dieux qu'elle abondance.

FRANCION.

Iugez apres cela de mon experience.

LAVRETTE.

Mais qu'est cela dedans.

FRANCION.

D'vn jus fort prècieux
Pour conseruer la veuë & n'etoyer les yeux.

LAVRETTE.

Et la dedans encor.

FRANCION.

Non c'est d'vne pommade
Qui peut rendre charmant le teint du plus malade.

LAVRETTE.

Icy dedans Monsieur.

FRANCION.

Ce sont quelques senteurs.

LAVRETTE.

La.

FRANCION.

D'vne eau pour oster les taches de rouseurs.

LAVRETTE.

Et dedans ce papier.

FRANCION.

Ce ſont quelques tablettes.

LAVRETTE.

Et cecy dites moy.

FRANCION.

Ce ſont des ſauonnettes
Qui ſont pour nétoyer & pour blanchir la main.

LAVRETTE.

Et la.

FRANCION.

C'eſt d'vne poudre à mettre dans le vin.

LAVRETTE.

Icy.

FRANCION.

D'vn vngant vert qu'on met ſur les bruſleures.

LAVRETTE.

En ce coing.

FRANCION.

C'eſt d'vn bauſme à fermer les bleſſeures.

LAV-

LAVRETTE.

Et là.

FRANCION.

C'est de la poudre a faire esternuer.

LAVRETTE.

La.

FRANCION.

C'est du vif argent.

ANSELME.

Propre à faire suer.

LAVRETTE.

Et dedans ce milieu.

FRANCION.

Des essences de Rome.

LAVRETTE.

Et la dessous Monsieur.

FRANCION.

Des chapelets de baume.

LAVRETTE.

En ces petits quarez dites moy ce que c'est.

FRANCION.

Se sont des muscadins prenez en s'il vous plaist
Ils donnent vn odeur agreable à la bouche.

LAVRETTE.

Combien les vendez vous.

FRANCION.

Qu'aucun soin ne vous touche.

VALANTIN.

Mais ie vais commander qu'on dresse le repas.
Mon maistre demeurez ie reuiens de ce pas,
Ie veux que nous diniõs auiourd'huy tous ensemble.

FRANCION.

Bien Monsieur ie feray tout ce que bon vous semble.

SCENE IIII.

LAVRETTE, FRANCION, ANSELME,

FRANCION

MAintenant que ie suis sans nul empeschemẽt
Madame dites moy pour parler librement
S'il ne vous souuient point d'auoir veu mon visage.

LAVRETTE.

Mais vous à quel propos me tenir ce langage.

FRANCION.

Madame c'est afin de vous faire sçauoir
Que ie ne viens icy qu'afin de vous y voir,
Que si vous me blamez d'auoir eu trop d'audace
C'est de vous seulement que i'implore ma grace,
Songez qu'en ce peché que vous auez causé
Ie ne suis criminel que pour auoir osé,
Et que vous ne sçauriez accuser ma presence
Sans accuser aussi vostre peu de constance.

LAVRETTE.

Ie ne vous cognois point.

FRANCION.

Voyez voyez mes yeux.
Et peut-estre à la fin vous me cognoistrez mieux
Obseruez mes regards & leur secrette flamme
Vous poura tesmoigner celle que i'ay dans l'ame
Et vous fera sçauoir qu'en cét heureux moment,
Que mon amour paroist sous mon deguisement.

LAVRETTE.

Ouy ie vous recognois, plus ie le considere.

FRANCION.

Ie suis.

LAVRETTE.

Qui,

FRANCION.

Francion.

LAVRETTE.

Ah! dieux se peut il faire
Ouy, c'est toy que ie vois parestre dans ces lieux
Cher autheur de mes feux.

FRANCION.

Beau chef d'œuure des Cieux
Ah! ie meurs de plaisir.

LAVRETTE.

Ah! ie pasme de ioye
Rendons grace à l'amour du bien qu'il nous enuoye.

FRANCION.

Mais apres tout mon cœur, vous m'auez mesconnu,

LAVRETTE.

Pour trop penser à vous cela m'est aduenu
Car mon ame employée à garder vostre image.
N'assistoit point mes yeux pour voir vostre visage.

FRANCION.

Ah ! ne me flattez point.

LAVRETTE.

Ie dis la verité.

ANSELME.

Monsieur retenez vous dans cette extremité
Ne vous eschauffez pas craignez la puresie,
Et moderez l'ardeur dont vostre ame est saisie.
Ou si vous desirez aller au monument.
Leguez moy tous vos biens, faictes vn testament.

FRANCION.

Mais dieux quelqu'vn s'aproche.

ANSELME.

Ah !

LAVRETTE.

C'est ma Catherine.

FRANCION.

Qu'as-tu.

ANSELME.

Ie suis blessé par l'enfant de Cyprine.
Où plustost par cét œil vray soleil esclatant.

SCENE V.

LAVRETTE, FRANCION, ANSELME, CATHERINE.

LAVRETTE.

Ve viens tu dire icy.

CATHERINE.

Que Monſsieur vous attant,

LAVRETTE.

Allons ſans plus attandre.

ANSELME. à Catherine.

Ah! mon cœur ie ſuis cuit, ie nay peu m'en deffendre,
Il me faut aduoüer captif de ta beauté,
Adieu grands Cabarets, adieu ma liberté
Ie ne veux plus cherir que c'eſt illuſtre charmes
Et ie quitte le vin pour l'vſage des larmes.

CATHERINE.

Sy vous voulez parler expliquez vous dont mieux.

ANSELME.

Ie dis que ie suis pris à la glus de tes yeux.

CATHERINE.

Par ce galimathias que me voulez vous dire.

ANSELME.

Que vous m'auez charmé.

CATHERINE.

Voire.

ANSELME.

Il n'en faut point rire.

CATHERINE.

Vous m'obligez par trop de me vouloir du bien:
Mais ce bonheur est tel que ie n'en croiray rien.

ANSELME.

Ma chere dulcinée ah tu le peux bien croire
Sy ie ne te cheris que ie meure sans boire,
Et que mon estomac se remplisse de vent
Au lieu des bons morceaux qu'il reçoit si souuent.

CATHERINE.

Aprez vn tel serment ie vous tiens veritable.

ANSELME.

Mais allons donc disner.

CATHERINE bas.

Entretien delectable
Ce fou me tient pour fille & se mesprant au point
De n'estimer en moy que ce que ie nay point.

ANSELME. bas.

Elle croit que i'en tiens mais elle est bien trompée.
En pensant m'attraper elle s'est àttrapée,
Puisque ie ne me serts de cette inuention
Qu'afin de m'imformer de son intention.
Que pour la destourner de descouurir mon maistre,
Et pour luy mieux cacher tout ce qu'il en peut estre,
Amour ie ne suis point au rang de tes vaincus.
Et ie ne tiens de loy que de celle de Bacus.

Fin du Second Acte.

ACTE III.

SCENE PREMIERE.

VALANTIN, FRANCION, ANSELME.

FRANCION.

DEcouurez moy Monsieur auec toute asseurance
En quoy vous desirez d'employer ma science,
Et ie vous feray voir auec des prompts effaits
Que ie sçay m'acquitter des biens que l'on ma faits.

VALANTIN.

Doi je où ne doi-je pas luy dire ma foiblesse.

FRANCION.

De grace apprenez moy quelle douleur vous presse
Ie ne puis autrement vous donner de secours,

VALANTIN.

Bientost sa violance abregera mes iours.

FRANCION.

Monstrez vous plus constãt ne perdez point courage
Vostre poux va fort bien vous auez bon visage,
Vous n'estes pas si mal que vous imaginez.
Et c'est hors de propos que vous vous estonnez.

VALANTIN,

Quant ie pense parler de l'ennuy qui me touche.
La honte me retient & me ferme la bouche,
Ie demeure confus & ie souhaiterois
De n'auoir iamais eu l'vsage de la voix,

FRANCION

Sy vous voulez guerir banissez cette honte
Il n'est point d'accident qu'vn grand cœur ne surmonte,
Vn homme genereux n'est iamais abatu
Et ce sont ses malheurs qui font voir sa vertu.

VALANTIN.

Faisons donc vn effort puisqu'il faut que ie die
Pour auoir guerison quelle est ma maladie.

ANSELME.

Qu'il se fait bien prier, qu'il fait bien le discret
Le vieux dogue est atteint de quelque mal secret,
Pour auoir visité les lieux ou l'on exerce
D'amour & de Venus l'agreable commerce,
Pour moy ie fais la nique à tous les ieux d'amour
Et ce n'est qu'au bon vin a qui ie fais la court.

FRANCION.

Monsieur encor vn coup dißipez cette crainte
Qui vous donne la gesne & vous tient en cõtrainte
Sy vostre mal est tel qu'on le doiue celer
I'ay le don de me taire & de dißimuler.

VALANTIN.

Mon Maistre, vous saurez que les yeux de Laurette,
Firent naistre en mon sein vne flamme secrette,
Et qu'insensiblement cette ieune beauté
S'acquit vn grand pouuoir dessus ma volonté
Conduit par mon amour ie l'allay voir chez elle
Mais iusque au dernier point ie la treuuay rebelle.
En vain ie l'entretins de mon affection
Car ie ne peux gaigner son inclination,
Hors despoir de fleschir son courage seuere
I'employay mes efforts pour m'acquerir sa mere,

Elle dont l'auarice estoit l'ame & le dieu
Qui cognoissoit fort bien que i'estois de bon lieu,
Qui sçauoit mes moyens & l'aage de sa fille
Me prit pour le suport de toute sa famille
Bref estant accordé nostre hymen s'accomplit
Et pour le consommer on nous met dans le lit,
Là cette belle attand auec impatience
De faire vne agreable & douce experience,
Des innocens transports & des chastes plaisirs
Dont les nouueaux espoux contentent leurs desirs,
Mais ie suis aupres d'elle aussi froid qu'vne souche
En vain sa belle main me carresse & me touche,
En vain par ses baisers elle croit m'esmouuoir
En cette occasion ils manquent de pouuoir.

ANSELME.

Monsieur permettez moy d'occuper vostre place,
Lors puissai-je mourir si ie ne la terrasse
Et si ie ne luy monstre en ce mesme moment
Qu'en la guerre d'amour i'attaque vaillament,

FRANCION.

Taisez vous.

VALANTIN.

Vn depit me saisit le courage
Ie peste contre moy, ie deteste i'enrage.

I'accuse le destin la nature & les dieux
Et ie prens apartye & la terre & les Cieux,
Aux premieres clartez de l'aurore naissante
Laurette sort du lit toute triste & pleurante,
Vne extreme colere esclate sur son front
Et me fait iustement redouter vn affront.

ANSELME.

Sy l'on peut du discours & des traits du visage
Tirer de l'aduenir vn asseuré presage
Ce vieillard portera dessouz ses cheueux blancs
Plus de cornes qu'vn beuf, où qu'vn Cerf de sept ans.

VALANTIN.

En suitte i'ay tanté toute chose possible
Pour ranimer mon corps & le rendre sensible,
Ie nay presque mangé que des culs d'artichauds
Que des mirabolans qui sont bien aussi chauds,
I'ay pris la cantaride & la verte pistache
Sans que mon mal pourtant en ait eu de relache.
I'ay bien souuent vsé de gresse de sanglier,
De presure de lieuure & d'huile de laurier.
I'ay pris huict iours durant en formes de pilules
D'vn renard amoureux les tendres testicules,
Et i'ay beu mille fois de la decoction
Desguine de nepite, & de satiryon,

Mais mon mal est si grand que le meilleur remede
N'a peu m'en deliurer ny me donner de layde
Et si vostre sçauoir ne me peut secourir
Ie suis hors de dessein & despoir de guerir.

FRANCION.

Monsieur en verité vous estes fort à plaindre
Car pour ne point mentir & pour ne vous rien faindre,
Les remedes humains ne peuuent soulager
Le mal de qui les dieux vous veullent affliger.

VALANTIN.

O Malheur sans pareil, ô sentence mortelle.

ANSELME.

Agreable entretien.

VALANTIN.

Sy ma disgrace est telle
Ie vais pour auancer l'heure de mon trespas,
Du sommet de ce roc mestancer iusqu'en bas
Ie vais des cét instant la teste la premiere
Me ietter dans ce gouffre où dans cette riuiere,
Mais vous qui pratiquez tant de secrets diuers
Vous a qui la nature & les Cieux sont ouuerts,

Je vous prie à genoux par l'illustre escarlatte
Du fameux Galien, & du grand Ipocratte,
Et par cent escus d'or qui seront vostre pris
D'apaiser le tourment qui trouble mes esprits.

ANSELME.

Monsieur donnez les moy, n'en soyez plus en peine
Je gueris vostre mal en moins d'vne semaine.
Mon Maistre ne sçait pas ce secret comme moy
Ce n'est qu'vn ignorant.

VALANTIN.

Qu'il est plaisant.

FRANCION.

Tais toy,
Finissez vostre plainte & tarissez vos larmes,
Je vous aßisteray par le pouuoir des charmes
Ouy, vous en guerirez si vous auez le cœur
D'affronter les Demons & de vaincre la peur.
Mais sans vous amuser de ces discours friuoles
Les effets dedans peu prouueront mes paroles,
Puis que tout est poßible aux sçauants comme moy.

VALANTIN.

Ne m'en asseurez plus mon maistre ie vous croy.

FR'ANCION.

Quant ie l'ay commandé l'on brusle sous l'actique
Et l'on tremble de froid sous la ligne ecliptique,
Le clair astre du iour se leue en Occident.
Pert toute sa lumiere & cesse d'estre ardent,
Sans crainte & sans danger l'on marche dessus
l'onde,
La terre se va mettre hors du centre du monde,
Le feu n'est plus subtil, l'air produit des poissons
Et le sein de Neptune est couuert de moissons,
Ie fais d'une vallée une haute montagne
Et d'vn mont orgueilleux une rase campagne,
I'arache d'vn seul mot les estoilles des Cieux
Et ie suis obey des Demons & des Dieux,
Mais pour vous tesmoigner que ie suis veritable
Ie vais vous raconter une histoire notable,
Qui vous fera sçauoir qu'il n'est rien icy bas
Qui puisse resister quand ie ne le veux pas.
Comme nous trauersions l'Empire de Mexique
Ie vis à l'impourueu la femme du Caßique
Et ie conceus pour elle vn feu si violant
Que celuy du vesense est beaucoup moins bruslant,
De toutes les beautez c'estoit le prototipe
Et la mer est plus calme à l'endroit de Leurippe,
Que n'estoit mon esprit lors que son œil diuin
Porta le traict d'amour iusqu'au fond de mon sein,

Ie

Ie vous dirois plustost le nombre des areines
Qui flottent sur les borts des marinieres pleines,
Et le nombre des pleurs que versent les amants
Que de vous raconter celuy de mes tourments,
Ie deuins tout pensif & tout melencolique
Ie parus aussi secq qu'vn mort ou qu'vn hetique,
Sans m'anatomiser on eust conté mes Os
Et de nuit & de iour ie viuois sans repos,
Mais lassé de pousser des souspirs & des larmes.
Enfin ie fus contraint de courir à mes charmes,
Et ce diuin obiet d'amour & de beauté
Perdit en moins d'vn iour toute sa cruauté,
Par leur secret pouuoir elle finist ma peine
Elle fut mon esclaue au lieu d'estre ma Reine,
Et quand i'en eus tiré ce que ie desirois
Ie croiois la quitter comme ie l'esperois,
Mais elle abandonna le Septre & la Couronne
Pour iouïr de ma veuë & seruir ma personne,
Elle me voulut suiure & quittant ses habits
Courut auecque moy les plus loingtains pays,
Suiuy de cette belle & charmante compagne
I'exercay ma science en la nouuelle Espagne,
Prouince en mille endroits pleines de mines d'or,
Et dont chaque habitant possede vn grand thresor,
En suitte ie passay dans la Califormie
De la dans la Floride, & dans la Virginie,
Et voulant retourner en ces aymables lieux,

Où ie vis en naissant la lumiere des Cieux,
Ie me mis sur la mer mais quittant le riuage
Le Ciel nous menaça d'vn violent orage,
Vn soudain tourbillon s'esleue dessur l'eau
Et iusqu'en Danemarch emporta mon vaisseau,
I'allas de ce pays dedans la Moscouie
Apres ie visitay la Cour de Cracouie,
Celle de l'Archiduc & de ce grand Seigneur
Qui remplit quand il veut l'Europe de frayeur,
Partout ou ie passois cette Amante idolatre
Sans songer à son rang montoit sur mon Theatre,
Et sans aucun dessein ses beautez enchantoient
Et le cœur & les yeux de ceux qui m'escoutoient,
Plus que ie ne voulois i'auois de la pratique
Chacun de tous costez couroit à ma boutique,
Et ie debitois seul plus de medicaments
Que cent Operateurs, & que cent Charlatans,
Vne fois le Sultan la vit dedans Bisance
Aussitost il l'aima, mais auec vehemence,
Pour apaiser sa flamme il la voulut auoir
Et pour la conseruer ie manquay de pouuoir,
Le cruel me l'osta de puissance absoluë
Et causa son trespas en l'ostant de ma veuë,

ANSELME.

Mon Maistre dittes tout, & confessez icy
Que ses filles d'honneur la suiuirent aussi,

Et que les doux atraits qu'on voit en mon visage
Firent naistre en leurs cœurs & l'amour & la rage,
Qu'apres m'auoir cent fois supplié vainement
A la fin la rigueur les mit au monument,
Iamais vous le sçauez ie ne leur voulus plaire
Car elles n'auoient rien qui me peust s'atisfaire,
Moy qui suis delicat & qui ne puis aimer
Que les grandes beautez qui peuuent me charmer.

FRANCION.

Apres auoir charmé cette puissante Reine
Et fait naistre l'amour au milieu de la haine,
Quelque sort vostre mal vous pouuez bien songer
Que puis que ie le veux ie le puis soulager.

VALANTIN.

Mon maistre dittes moy ce qu'il faut que ie fasse
I'auray plus qu'il ne faut d'asseurance & d'audace.

FRANCION.

Trouuez vous seulement dans ce bois escarté
Des habitans d'icy rarement frequenté,
Mais que nul ne vous suiue & ne vous acompagne.

VALANTIN.

Ie veux faire semblant d'aller à la campagne
Car ma femme croiroit; quelle vient a propos
Tachons de l'abuser ma Laurette deux mots.

SCENE II.

VALANTIN, FRANCION, LAVRETTE, ANSELME, LAVRETTE,

MOnsieur que vous plait-il.

VALANTIN.

Mon vnique pensée
Ie t'aprens qu'vne affaire importante & pressée
M'oblige de partir tout promptement d'icy.

LAVRETTE.

Dieux que me dites vous.

VALANTIN.

N'en sois point en soucy
Ie n'emploiray qu'vn iour en ce petit voyage
Veille bien ce pendant dessur nostre mesnage.

LAVRETTE.

Sy l'amour & le Ciel exaucent mes souhaits
Tu partiras bien tost, & ne viendras iamais.

FRANCION.

Monsieur attendez moy dans mon hostelerie
Ie veux parler à vous.

VALANTIN.

Ie m'y rands.

FRANCION.

Ie vous prie.

LAVRETTE.

Au moins auparauant vous receurez de moy
Cest amoureux baiser pour tesmoin de ma foy.

VALANTIN.

Auant qu'il soit deux iours ainsi que ie l'espere
Ie t'en feray gouster qui te pouront mieux plaire,
Et qui par leurs douceurs te payront doublement
Le temps que pres de toy i'ay vescu lachement.

LAVRETTE.

Sy pres du monument les baisers sont de glace
Mais les miens ne le sont qu'alors que ie l'embrace,

Car mon ardeur s'estaint aussi tost qu'il paroist
Et quant il est absent c'est lors qu'elle s'acroist.

SCENE III.

LAVRETTE. FRANCION, ANSELME.

FRANCION.

Ognoissez maintenant comme tout nous seconde,
Puis qu'il laisse en mes mains le plus grand bien du monde.

ANSELME.

Monsieur considerez que vous ne tenez rien.
Sy vous le possedez & n'en vsez pas bien,
Malgré tous vos souhaits l'occasion est chauue.
Quant on la croit tenir c'est lors quelle se sauue,
C'est pourquoy menagez ce bon heur & le temps
Et quant vous le pouuez rendés vos veux contens.

FRANCION.

Bien bien, ie receuray l'aduis que tu me donne
Mais de grace aprens moy depuis quant tu resonnè.

ANSELME.

Ne voit on pas souuent prophetiser les fous.

FRANCION.

Mais mon ange prenant vn entretien plus doux
Permets pour me combler d'vne extreme alegresse,
Que ie touche ton sein & le baisse sans cesse
Que ie pasme en tes bras de plaisirs & d'amour,
Et que tes yeux apres me redonnent le iour
Que ma main soit tousiours compagne de la tienne
Que ta bouche me presse & se ioigne à la mienne,
Et bref que ces beaux yeux autheurs de tãt de veux
Ayent pour moy des regards cõme ils ont eu des feux
Bons Dieux cette blancheur feroit honte à la neige
Mais la puis-je toucher sans faire vn sacrilege,
Et ce rare thresor qui n'est que pour les Dieux
Pourra t'il contenter & mes mains & mes yeux
Ah! ce sein que ie vois n'est qu'vn rocher d'albatre
Et c'est le prophaner que d'en estre idolatre,
Mais pour ne point conmettre vne temerité
Ie ne veus seulement qu'admirer sa beauté.

LAVRETTE.

Mon cœur ie ſuis à toy, Mais toutes fois n'eſpere
Que ce que mon honneur me permettra de faire,
I'aime ton entretien, ton aſpec m'eſt bien doux
Mais non pas iuſqu'au point d'offencer mon époux,
Son deffaut ne pouroit autoriſer mon crime
Et tout brutal qu'il eſt, il faut que ie l'eſtime.

ANSELME.

La finette quelle eſt ſçait de quelle façon
Il faut donner ſujet de mordre à l'ameçon.

FRANCION.

Tiens pour tout aſſeuré que mon ame n'aſpire
Qu'à la ſeule vertu que ſon eſprit deſire,
Mes feux ſont violents mais leur extremité
Ne receura des loix que de ta volonté,
Seulement permets moy que pendant ſon abſente
I'auray pour quelque temps l'honneur de ta preſence.

LAVRETTE.

C'eſt ce que ie voudrois, mais qu'à mõ grand regret
Nous ne ſçaurions auoir au lieu le plus ſecret
Car l'on leue le Pont au plus tard dans vne heure
Et ie ſuis priſonniere en ma propre demeure.

FRAN-

FRANCION.

Commandez à vos gens de ne le point leuer.

LAVRETTE.

Ce moyen nous perdroit au lieu de nous sauuer
Car ils pouroient iuger quelle est nostre entreprise,
Puis ie craindrois tousiours de peur d'estre surprise.

FRANCION.

Mais puisque maintenant les fossez sont sans eau
Nous pouuons bien nous voir, & le moyen est beau.

LAVRETTE.

Comment.

FRANCION.

En me tendant vne eschelle de corde
Que ie vous enuoiray.

LAVRETTE.

Bien mon cœur ie l'accorde
Mais à condition que tu seras tousiours
Vertueux & discret iusque dans tes discours.

FRANCION.

N'en doutez nullement, mais à propos mon ame,
Sçache que ton espoux m'a descouuert sa flamme,

Qu'il croit que mon ſçauoir peut ranimer ſon corps
Qu'il m'a tout raconté ſes impuiſſants efforts
Et que i'ay ſi bien feins de le tirer de peine
Qu'il ſe mit dãs mes mains toute la nuit prochaine
Pour faire des ſecrets qu'il eſtime puiſſans
Afin de rechauffer ſes eſprits languiſſans.

LAVRETTE.

Comment donc neſt-il pas ſorty de ce village.

FRANCION.

Non mon Ange, il m'a tend.

LAVRETTE.

La ruſe.

FRANCION.

Dauantage
Il m'a voulu donner quelque cent eſcus d'or
Pour les erres d'vn cent qu'il me promet encor,
Sy bien que cette nuit pour gaigner ce ſalaire
Il faut que mon valet ſçache ce qu'il ſçait faire
Et puis quant il ſera pres de ce vieux ialoux
Ie veus prendre mon tẽps pour m'approcher de vous.

LAVRETTE.

Apres vn tel diſcours ie nay plus rien à craindre
Sy ce n'eſt qu'apres tout tu ſçache trop bien feindre.

FRANCION

Quant il s'abiſt de vous i'oſe & i'entreprens tout
Et ie ne cognois rien dont ie ne vienne à bout.

ANSELME.

Pour moy ie ferois tout quant bacus me gouuerne.
Mais i'entens pour dompter cent pilliers de tauerne
Et pour leur faire voir en vn combat de vin
Que ie ſuis inuincible ayant le verre en main
C'eſt là mon eſlement, c'eſt là que ie ſouſpire
Que ie vois tous les iours le bonheur où i'aſpire.
Et que ſans eſtre aßis à la table des Dieux
Ie goutte du nectar qu'ils boiuent dans les Cieux.

CENEE IV.

FRANCION, ANSELME.

FRANCION.

ANselme c'est icy qu'il faut faire paroistre
Sy tu pouras seruir adroitemẽt ton maistre
Il s'agist auiourd'huy d'abuser vn ialoux
De vaincre ce dragon qui se presente à nous,
Et de charmer ses yeux auec tant d'artifice
Qu'il nous rende des veux pour vn mauuis ofice.

ANSELME.

Quoy Monsieur doutez vous de ma sincerité.
Ne vous souuient il plus de ma dexterité,
Et l'amour qui vous tient sous son pouuoir extréme
Vous fait il oublier que ie suis vostre Anselme,

FRANCION.

Non,

ANSELME.

Ne parlez dont pas n'ayez soucy de rien
Sy i'ay bien commancé ie finiray fort bien,

Et quant i'auray goutté du jus de la bouteille
Tenez pour asseuré que ie feray merueilles,
Que ie vous seruiray comme vous desirez,
Et bref que tout ira comme vous l'esperez
Retournons seulement en nostre hostellerie
Apaiser mes boyaux & mon ventre qui crie.
Ah que la fain me cause vn tourment sans pareil.

FRANCION.

Mais encor.

ANSELME.

Le souper nous donnera conseil
Lors que ie seray soul ie vaincray mille ostacles,
I'auray l'esprit plus vif ie feray des miracles.
Et les vapeurs du vin me montant au cerueau
Rendront mon iugement & plus cler & plus beau.

FRANCION.

Au contraire ie crains que le vin t'assoupisse,

ANSELME.

Non non, ne craignez point que ie ne reussisse
Il n'est rien qui m'endorme apres vn bon respas
I'en suis tousiours plus gay.

FRANCION.

Ie ne t'en respons pas.

ANSELME.

Ce n'est pas d'auiourd'huy qu'en semblable occurance
Vous cognoissez ma force & mon experience,
Sy quelqu'vn en beuuant reste sans iugement.
Il montre qu'il n'est pas de mon temperament,
Allons sans differer & perdez toute crainte,

FRANCION.

Viens.

ANSELME.

Esteindre la soif dont ma bouche est attainte,

SCENE V.

PETIT IACQVES, MARSAVLT, OLIVIER, CATHERINE.

CATHERINE.

Vy, vous me trouuerez à la basse fenestre,
Ie ietteray l'eschelle en vous voiant pa-
restre,

Mais sur tout ne venez qu'au milieu de la nuit
Et rendez vous icy sans parole & sans bruit.

PETIT IACQVES.

Par vn coup de chiflet tu sçauras qui nous sommes.

CATHERINE.

Nous serons auiourd'huy le plus heureux des hõmes
Tout rit à nos souhaits tout seconde nos veux,
Et nous tenons enfin la fortune aux cheueux.
Car comme ie tay dit rien ne nous sçauroit nuire,
Sy nous auons le cœur de nous y bien conduire
Le maistre en est dehors & ses gens loin de luy
Pour prendre du bon temps dormiront auiourd'huy,
De plus comme sa femme est amoureuse & belle
Nous nauons pas sujet d'aprehender pour elle,
Son humeur dessur tout estime le repos
Et nous ne pouuons prendre vn temps plus à propos
Sur tout que ce gaillard soit discret & fidelle.

PETIT IACQVES.

Nous le ferons monter le premier à l'echelle
Afin que pour le moins il nous aporte en bas,
Tout ce que tu prendras,

OLIVIER.

Ie n'y resiste pas
Ie vous obeiray de toute ma puissance.

MARSAVLT.

Va tu n'en auras pas mauuaise recompense
Tu prendras comme nous vne part au butin.

OLIVIER.

Ah! Dieux à quel malheur me reduit le destin
Pourquoy loin de flatter ces monstres execrables,
Ne les puis je punir & traitter en coupable
Mais quoy mon mauuais sort me contraint d'obeir.

PETIT IACQVES,

Que dis-tu là tout bas, nous voudrois tu trahir.

OLIVIER.

Non Meßieurs ie songeois à cette heure oportune
Ou nous partagerons vne egalle fortune,
Ah! que le temps me dure & que i'ay de desir
De bien recompenser vn si lache loisir,
Et de vous tesmoigner en mon apprentissage
Que ie ne manque point de zelle & de courage.

MARSAVLT.

Et fin il s'y resoult.

CATHERINE.

Il est ioly garçon.

OLIVIER.

OLIVIER.

Ouy, i'y suis resolu d'vne telle façon
Que loin de repugner à suiure voste ennie,
Ie me meurs du desir de prodiguer ma vie
Et d'agir deuant vous par des coups si hardis
Qu'on sçache que i'en fais bien plus que ie n'en dis.

PETIT IACQVES.

Le voila comme il faut,

CATHERINE.

L'espoir du gain l'emporte.

OLIVIER.

Dieux que le temps est long que mon ardeur est forte

PETIT IACQVES.

Donques en attendant ce moment precieux
Allons nous en souper & boire à qui mieux mieux.

MARSAVLT.

Le butin de ce soir payera nostre despence.

CATHERINE.

Allez ie vus attens auec impatience.

ACTE IV.

SCENE PREMIERE.

FRANCION, ANSELME,

FRANCION.

Nfin la nuiſt eſt ſombre, & ſon obſcurité,
Plaiſt bien plus à mes yeux que ne fait ſa clarté,
C'eſt deſſous ces brouillards que ie verray ma belle
Que ie pourray ſant peur diſcourir auec elle,
Et guidé de l'amour qui ſe rend mon vainqueur
I'oſeray librement luy deſcouurir mon cœur

ANSELME.

He bien encor vn coup ſuiſ-ie bien de la ſorte,

FRANCION

Ouy mais prend garde à toy car il eſt tẽps qu'il ſorte
Il faudra peu de temps pour acheuer ſon vin..

ANSELME.

Monsieur ie veillerois plustost iusques à demain
Sy tu ne reußit ainsi que ie l'espere,
Ie veux passer pour sot & pardeuant Notaire.

FRANCION.

Parle moins & fais plus.

ANSELME.

N'aiez aucun soucy
Sy tost qu'il reuiendra ie sortiray d'icy.
Et s'il n'est tourmẽté plus qu'vn matou qu'on berne
Ne permettez iamais que i'aille à la Tauerne.

FRANCION.

Et bien ie le feray.

ANSELME.

Il n'est point de lutin
Qui puisse mieux que moy sangler ce vieux matin
I'ay trop d'inuentions, & ie croy que les Diables,
Pour punir les damnez n'en ont pas de semblables
Aiez soin seulement.

FRANCION.

Ie te rendray content
Mais ie m'en vais trouuer mon soleil qui m'atent,

Ie ne puis sans mourir differér dauantage
Adieu.

ANSELME.

Mais ce soleil est couuert d'vn nuage
Car i'ay beau regarder & ie ne le voit point
Ah! qu'vn hõme amoureux est sot au dernier point.

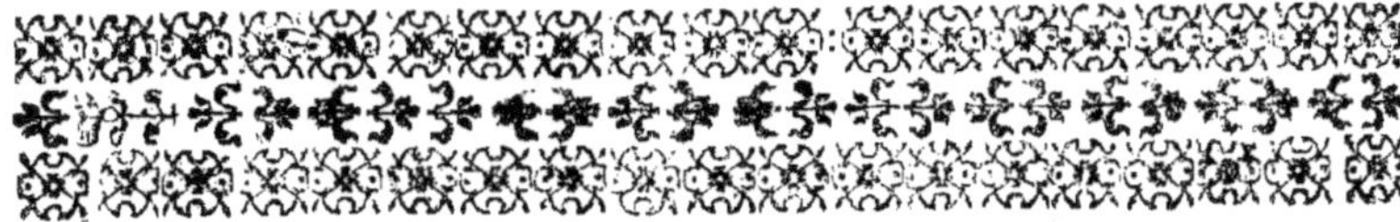

SCENE II.

ANSELME en montrant les estoilles au doigt

MAis tandis qu'il viendra le Ciel en ce beau voille
S'offre de mexiber iusqu'à la moindre estoille
Ie vois vers le milieu le vaillant Orion
La pertuisane au point attaquer le Lion,
Là le Bouuier monté dessur le d'os de l'Ourse
Allentour de l'essieu fait sa tardiue course,
Icy paroist le Signe auec le Violon
Dont se seruoit iadis mon cousin Appollon,
En ce lieu Caßiope & la triste Endromede
Du fils de Danaé semble implorer laide,

Tout contre est la Corõne vn peu plus haut l'Archer
Veut contre les poissons ses flesches descocher,
Ah! voicy le Serpent que combatit Hercule
Le Lieure qui s'en fuit deuant la Canicule,
Le vaisseau qui vogua le premier sur les eaux
Et la Vierge qui ioüe auecque les Iumeaux,
Mais trefue a ces beaux mots car si quelqu'vn mescoutte
Trompé par ce haut stille, il pensera sans doute,
Que ie suis mieux versé dans l'art des Arimus
Que deffunct Iean Petit ou que Nostradamus,
Que d'Eustache Noel ses secrets ie possede
Que le ieune Troyen en doctrine me cede,
Et que i'ay mille fois pratiqué les leçons
Du Celebre Belot Curé de Millemonts,
I'ay seruy quelque mois vn Pedan d'importance
C'est luy qui ma monstré cette haute science,
Ce ne fut pas gratis ie le payay fort bien
Car pour tout mon seruice il ne me donna rien,
Mais i'entends quelque bruit dans ce feuillage sombre,
Et i'aperçois quelqu'vn s'auancer parmy l'ombre,
Ie ne suis point trompé c'est nostre Valantin
Qui vient pour terminer son malheureux destin.

CENEE III.

VALANTIN, ANSELME, VALANTIN.

E fils l'Atonien las desclairer le monde ·
Se repose a present dedans le sein de l'onde,
Pour prẽdre vn peu d'haleine apres tant de trauaux
Et moderer l'ardeur de ses bruslants cheuaux,
Des-ja l'vmidité de sa casaque obscure
Couure le vaste corps de l'antique nature,
Et verse sur les yeux de tous les animaux
Du jus pesant & froid de ses tristes pauots,
Les vents ne souflent plus auecque violence.
Les crapaux de ces lieux obseruent le silence.
Les chiens n'aboyent plus & les discrets échos
Ne seroient repeter les derniers de mes mots.

ANSELME.

C'est luy n'en dutons plus, ô l'estrange posture
L'agreable desmarche & la belle figure,
Que mon maistre m'oblige a ieuner auiourd'huy
S'il est monstre en enfer plus diforme que luy,
Et s'il ne peut passer pour quelque mascarade,
Qui va porter momon on donner serenade,
Il tient vne baguette & prononce tout bas
Des mots qu'il tient de moy mais que ie n'entẽds pas
En Grece on le croiroit heritier de Medee
On l'estimeroit Mage au pays de Caldee,
Renault de Montauban le prendroit pour Maugis
Et pour Archelaus le Gaulois Amadis.

VALANTIN.

Commencons donc icy le cerne qui me reste
Demons qui gouuernez la famine & la peste,
Noires diuinitez de ce sombre seiour
Ou iamais le soleil ne va porter le iour
Hostes de l'Acheron du Stix & de Lauerne
Qui logez les fureurs dedans vostre cauerne,
Et qui tenez captifs en des fers eternels
Les malheureux espris des hommes criminels,
Et vous errans Demons Lutins larues lemures
Qui nous espouuentez par d'orribles murmures,

Vous qui nous faites voir dans le vaste des airs
Des bataillons armées des feux & des esclairs.
Vous aussi qui gardez au profond de la terre
Auec beaucoup de soin les tresors quelle enserre,
Vous qui durant la nuit courez par les Forests
Ou qu'on trouue cachez en des antres secrets,
Silenes Agypans Satires Oreades
Bassarides Siluains Faunes Hamadriades,
Vous qu'ō tient enfermez sous des pieres d'aneaux
Vous qui calmez l'orage & qui troubles les eaux,
Amphitrite Thetis Protune Nereides
Lemniades Tritons Najades Exphrocides.
Vous qui nous incitez à faire tant de mal
Et qui nous paroissez au trauers d'vn cristal
Enfin vous qui hantez dedans les cimetieres,
Et qui cherchez les morts iusques dedās leurs bieres,
Autheurs de la Magie esprits pernicieux
Qu'vn orgueil effroiable a fait tomber des Cieux
Sy ie me suis laué d'vne eau sale & bourbeuse
Sy i'ay versé le sang d'vne brebis galeuse,
Sy ie me suis tourné trois fois vers le matin
Et trois fois vers l'endroit ou les iours prennent fin,
Sy i'ay frappé la terre auec vn pied superbe
Sy ie trace a propos ces cernes dessur l'erbe
Et si de tous mes veux ie me suis acquité
Guerissez moy bientost de mon infirmité

Et

Et m'accordez bien tost la libre ioüissance
De ce bien non pareil que i'ay sous ma puissance,

ANSELME.

Ie vais pour effrayer cét insigne poltron
Executer mon ordre & feindre le démon,
Certes si ie l'estois l'aymable Proserpine
A son Mary Pluton feroit mauuaise mine,
Et tout ce que la bas on trouue de beautez
Flechiroit aysement dessouz mes volontez,
Mais commencons d'agir,

VALANTIN.

O prodige ô merueille
Vn bruit espouuentable estonne mon oreille,
Ie crois que cent Démons desliez de leurs fers
Sortent a ce moment du millieu des Enfers,
Que de monstres hydeux que d'horribles fantosmes
Leur nõbre est bien plus grãd que celuy des atomes,
Des espics de l'Esté du sable des deserts
Et des flots que le vent esleue sur les Mers,
Vne puante odeur de bitume & de souffre
Est sorty auec eux de leur infame gouffre,
Tous les lieux d'alentour en sont empoisonnez
Et ces spectres affreux en sont enuironnez.

ANSELME.

La peur qui le saisit luy trouble ainsi la veüe
Et fait qu'il pense voir des Demons dans la nuë,
Mais ie gagerois bien qu'en cét estonnement
Son ponant faict décharge en son appartement.

VALANTIN.

L'vn a l'aspect d'vn Homme & l'autre d'vne beste,
L'vn a les bras coupez l'autre n'a point de teste,
L'vn est sẽblable aux Nains, l'autre aux plus hautes Tours
L'vn s'arreste sur moy l'autre vole tousiours,
L'vn est armé d'vn croc & l'autre d'vne lance
L'vn me veut offenser l'autre prend ma deffence.
Cependant ie ne sçay ce qui doit m'arriuer
Et ie suis hors d'espoir de me pouuoir sauuer,
En ce douteux estat ie ne souffre qu'à peine
Vne subite horreur me court de veines en veines,
Mon cœur plus que deuant s'agitte en ce debat
Sous l'effort de la peur ma constance s'abat,
Ie suis tout hors de moy ie demeure immobile
Ie pasme.

ANSELME.

De luy mesme il n'est pas fort habille,

Et si pour se sauuer il luy falloit courir
Il seroit à present en danger de mourir,

VALANTIN.

Mais ainsi que le bruit ma crainte se redouble
L'air tantost si serain s'obscurcit & se trouble,
Les Cieux deuiennent noirs & sont sans mouuemẽt
La terre toute entiere endure vn tremblement,
Les Astres & la Lune ont perdu leur lumiere
Ce tout va retourner en sa forme premiere,
La nature succombe & les quatre Elemens
Vont estre aneantis par ces enchantemens.

ANSELME.

La plaisante manie?

VALANTIN.

Ah quel esclat de foudre
Ie pensois tout à bon estre reduit en poudre,
Mais si ie garde encor vn peu de iugement
Ce coup ne m'a blessé que fort legerement,
Allons donc embrasser cét arbre salutaire
Ou se doit accomplir nostre secret mistere,
Puissai je ainsi serrer cét adorable obiect
Pour qui seul i'ay tenté ce dangereux projet,
Mais bons dieux vn Demon dont la forme est humaine,

Me vient lier les bras d'vne pesante chesne
Helas qu'ais-je commis pour estre ainsi traité.

ANSELME.

Ce chastiment se dois à son impieté,

VALANTIN.

Escoutez mes souspirs considerez mes larmes.

ANSELME.

Pour auoir eu frayeur & mal vsé des charmes
Nous t'auons condamné de perir en ces lieux,
N'atands point de secours des hõmes n'y des Dieux.

VALANTIN.

Il le faut auoüer i'ay bien de l'infortune
Tout me choque, me nuit, m'afflige, & m'importune
Et ie puis asseurer qu'entre les amoureux
Ie suis le moins coupable & le plus malheureux,
I'esperois que bien tost ie pourrois satisfaire
La celeste merueille à qui ie voulois plaire,
Mais par vn changement que ie n'attendois pas
Me voila sur le point d'endurer le trespas,
Medecin de douleur secours des miserables
Viens adoucir l'aigreur de mes maux deplorable,
Aussi bien le Soleil ne m'est plus qu'hodieux
Ha-y comme ie suis de la terre & des Cieux,

Que ie serois content dans l'ennuy qui me tuë
Sy ie voiois Laurette, & mourois à sa veuë,
Et si cette beauté que ie cheris si fort
Tesmoignoit par ses pleurs de regreter ma mort,
Mais puisque le destin trop contraire a ma vie
En mon dernier momen cette faueur m'enuie
D'vn visage serain regardons le tombeau
Et mourons constamment pour vn suiect si beau.

SCENE IV.

PETIT IACQVES, MARSAVLT, OLIVIER,

PETIT IACQVES,

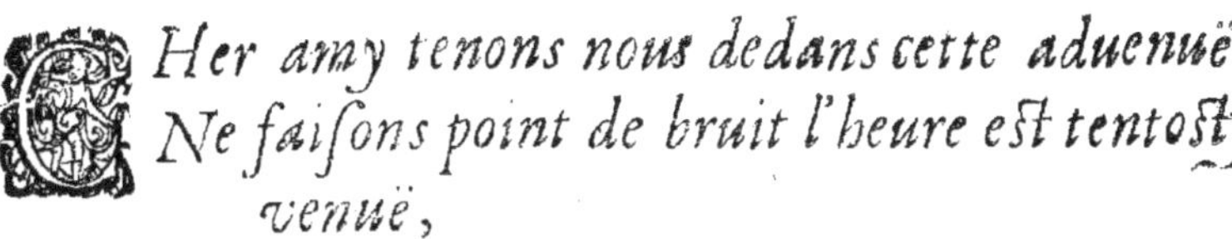

C*Her amy tenons nous dedans cette aduenuë*
Ne faisons point de bruit l'heure est tantost venuë,
Ce n'est pas loin d'icy que nous le trouuerons
Et ie cognois l'endroit par où nous entrerons,
Il m'a tantost marqué cetre basse fenestre

Et ie crois que bientost nous luy verrons paroistre
Il n'y manquera pas n'en doutez nullement.

OLIVIER.

Ah! que ne sommes nous à cét heureux moment
L'ardeur à chaque instant s'accroit dedãs mon ame.

MARSAVLT.

C'est vne noble ardeur que celle qui t'enflamme
Tu nous montre par là ta generosité
Et fais voir des effects dont nous auons douté.

OLIVIER.

Ah! combien ie preuoy des portes enfoncées
De cabinets rompus de serrures forcees,
Et de coffres enleuez.

PETIT IACQVES.

Mais rentrons en ce coing
Sy tost qu'il paroistra nous le verrons de loing.

SCENE V.

LAVRETTE,

Laurette paroift dans vne Gallerie.

N fin tu ne ſçaurois excuſer ta pareſſe
Le temps eſt expiré tu manque de promeſſe,
Et malgré les ſerments que i'ay receus de toy
Ie ſcay que tu na plus n'y d'amour n'y de foy,
Trop ingrat Francion dont ie ſuis meſpriſee
A qui ma flamme ſert de fable & de riſee.
N'attens plus de ma part que des traits de rigueur.
La haine apres l'amour à pris place en mon cœur,
Et quoy que tu m'ay fait vne legere offence
Mon eſprit ne veut rien entendre en ta deffence,
Innocent ou coupaple il ne te veut plus voir
Et ſi tu me veux plaire enfin pers ton eſpoir,
Mais que diſ-je bons dieux & quelle indiferance
Me vient entretenir contre toute apparence.

Quelle peur me saisit & quel desreglement
Apporte à mon esprit vn tel aueuglement,
Ah ! mon cher Francion ie sçay que ie m'abuse,
Que ie suis criminelle alors que ie t'accuse
Que ce discours me rand tres indigne du iour
Mais pardonne vn peché qui vient de trop d'amour.

SCENE VI.

LAVRETTE, OLIVIER, MARSAVLT, PETIT IACQVES,

PETIT IACQVES.

Amarade entens tu c'est luy qui nous appelle,
Eht.

LAVRETTE.

Eht.

PETIT IACQVES.

Approchons nous, il nous à mis l'eschelle
Va monter Oliuier nous t'attendons icy.

OLIVIER.

OLIVIER.

Mais.

MARSAVLT.

Ne pers point de temps.

LAVRETTE.

Est-ce toy mon soucy,
Viens viste dans mes bras approche ma chere ame,
Et modere l'ardeur dont ton amour m'en flamme,
Viens par mille baisers contenter tes desirs
Et gouste auecque moy mille innocens plaisirs,
Quoy? tu ne me dis mot alors que ie t'embrasse
Quand ie suis tout en feu tu parois tout de glace,
Et tu me rands enfin malheureuse à ce point
De croire asseurement que tu ne m'ayme point.

OLIVIER.

Ah! dieux quelle a d'apas & quelle est rauisante
Prenons sans differer vn bien qui se presente,
Et pour le posseder sans nul empeschement
Allons couper l'eschelle où l'ostons promptement.

LAVRETTE.

Où fuis tu.

OLIVIER.

Ie reuiens ô dieux cette aduanture
Me rand le plus heureux de toute la nature.

SCENE VII.

PETIT IACQVES, MARSAVLT OLIVIER.

PETIT IACQVES.

Ans mētir il met trop, ie ne puis plus durer
Quoy qu'il puiſſe aduenir il faut m'en aſ-ſeurer,
Ie veux voir ce qu'il fait ou ce qui le retarde
D'Aporter le butin que l'on luy donne en garde.

MARSAVLT.

Il nous trahy peut-eſtre & nous ne ſçauons pas
S'il ne minute point de nous perdre icy bas.

PETIT IACQVES.

Courons donc au deuant ſans tarder dauantage
L'eſchelle tient encor montons.

OLIVIER.

Prenons courage
Donnons frapons ſur eux.

PETIT IACQVES.

Dieux nous sommes vendus
On retire l'eschelle.

MARSAVLT.

Hh nous sommes perdus
I'ay les reins tout brisez.

PETIT IACQVES.

I'ay la iambe rompuë

MARSAVLT.

Fuyons si nous pouuons esuitons nostre prise
Sy l'on nous peut tenir nous serons bien punis
Et dedans peu de temps nos iours seront finis.

OLIVIER.

Apres cette action qui me comble de ioye
Ie vais prendre le bien que le bon heur m'enuoye.

SCENE VIII.

CATHERINE, FRANCION,

CATHERINE.

Vi que tu sois amy sauue toy viftement
Ie ne te cognois point.

FRANCION.

Escoute seulement.

CATHERINE.

Ie ne veux point sçauoir le sujet qui t'ameine
Sy ie prens vn baston.

FRANCION.

Quoy.

CATHERINE.

Tu payeras ma peine

FRANCION.

Ie ne suis point vn homme à traitter de baton.

CATHERINE.

Non veux tu l'esprouuer.

FRANCION.

Sy tu sçauois mon nom
Tu ne parlerois pas auecq tant d'insolence.

CATHERINE.

Apprens moy donc icy quelle est ton excellence,

FRANCION.

Mon nom est Francion, Mais laisse moy monter
Tu n'as point de sujet qui me puisse arrester,
Ta maistresse m'attend auecque impatience
Et tu la facheras par cette defiance.

CATHERINE.

Ma Maistresse t'attand.

FRANCION.

Ouy

CATHERINE.

Va t'en la chercher,
Aussi bien ton aspec la pourroit empescher,
Qu'il contente la bas son ardeur insensée.

FRANCION.

Ah dieux ie suis en bas i'ay la teste cassée.

CATHERINE.

Mais pour auoir le bien que ce ruste attendoit
Allons nous en trouuer celle qu'il demandoit,
Cette aymable Laurette & procedons en ſorte
Que i'apaiſe en ſes bras l'ardeur qui me transporte,
Sur tout menageons bien le deſſein & le temps
Afin que toſt apres ie retrouue mes gens,

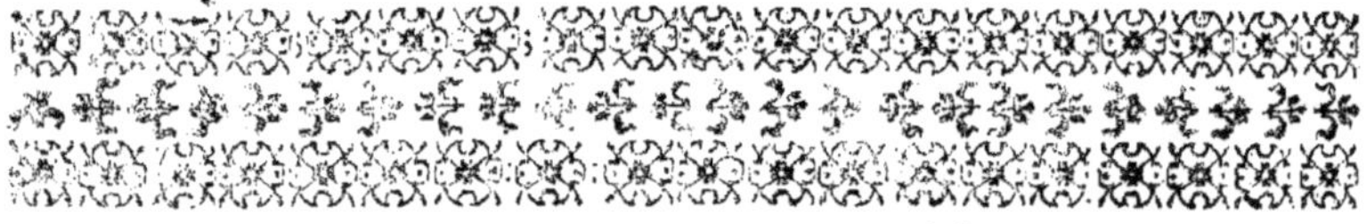

SCENE IX.

LAVRETTE, OLIVILR.

OLIVIER.

Vy Madame, ils m'ont pris malgré ma reſiſtance.
M'ont volé des ioiaux de grande conſequence,
Et m'ont enfin contraint apres beaucoup d'efforts
De leur abandonner & mes biens & mon corps,
Et ie n'ay touſiours feins de plaire à leur enuie.
Qu'afin de preſeruer & mes biens & ma vie,

Car ils m'auoient promis de me les rendre tous
Sy toſt qu'ils auroiẽt eu ceux qu'ils vouloiẽt de vous
Et comme i'eſperois vne heure fauorable
Pour vous donner aduis de ce deſſein damnable,
Ils ſe ſont reſolus de ne plus differer
Et i'ay pris peine en vain de vous en aſſeurer.

LAVRETTE.

C'eſt aſſez ie vous crois, mais ce qui m'eſpouuante,
C'eſt ce que vous contez d'eux & de ma ſeruante.

OLIVIER.

Ce que ie vous ay dit n'eſt que la verité
Mais Madame ſongez à voſtre ſeureté.

LAVRETTE.

Empeſchons leurs deſſeins rompons leur entrepriſe.

OLIVIER.

Diſpoſez de ma force elle vous eſt acquiſe
Quoy qu'il puiſſe arriuer il ne m'importe point.

LAVRETTE.

Non vous m'obligez trop.

OLIVIER.

Accordez moy ce point.

LAVRETTE.

Ie crois que le meilleur pour tromper leur attente
Est d'auoir finement cette feinte seruante,
De la lier, Mais Dieux qui vient heurter icy

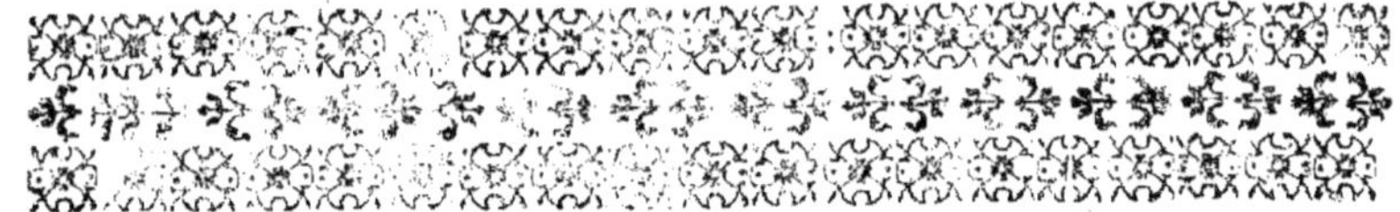

SCENE X.

LAVRETTE, CATHERINE, OLIVIER.

CATHERINE.

OVurez Madame ouurez

LAVRETTE.

Iuste Ciel la voicy
Sans doute ils sont beaucoup,

OLIVIER.

Il n'y peut auoir qu'elle
Les autres sont tombez du haut de vostre eschelle,
Ils se sont retirez blessez extremément
N'ayez aucune peur ouurez asseurement.

LAV-

LAVRETTE.

Cachez vous donc icy dieux quel sujett'ameine.

CATHERINE.

La crainte que i'auois dans la chambre prochaine
Ou ie m'imaginois d'entendre des esprits.

LAVRETTE.

Qui pouroit soubsonner la ruse quelle a pris
He bien que veux tu donc.

CATHERINE.

Demeurer en la vostre,

LAVRETTE.

Tu peux si tu le veux coucher dedans vne autre
Mais ie ne puis souffrir personne auprez de moy.

CATHERINE.

Vostre espoux si tien bien.

LAVRETTE.

Mon espoux n'est pas toy.

CATHERINE.

Madame il est bien vray, car il est tout de glace.

Et moy ie brulerois si i'estois en sa place,
Ie ne quitterois pas vn bien si precieux
Et n'estant pas si vieil i'en gouterois bien mieux.

LAVRETTE.

Le sexe t'en empesche.

CATHERINE.

Ah si i'osois Madame

LAVRETTE.

Parle.

CATHERINE.

Ie vous dirois dans l'ardeur qui m'emflamme,

LAVRETTE.

Quoy donc.

CATHERINE en luy montrant son sein.

Que ie n'ay pas le sexe égal à vous.

LAVRETTE.

Va tu meriterois qu'on t'assommast de coups
Mais pour quelque raison pourtant ie te pardonne,
Sois discret seulement.

CATHERINE.

Quel bon heur m'enuironne
Mais Madame prenons quelque amoureux ébats.

LAVRETTE.

Attends ie veux fermer la fenestre d'embas
Vien t'en auecq moy.

CATHERINE.

N'en soyez point en peine
Ie la fermeray bien.

LAVRETTE,

Allons prens cette cheisne
Afin de t'atacher & de nous garantir
Apres nous songerons à te faire sortir.

Fin du Quatriesme Acte.

ACTE V.

SCENE PREMIERE.

LVBIN, LEONARD, BERTRAND

BERTRAND. en riant.

Vi pourroit se contraindre & empescher de rire,
Le spectacle plaissant.

LEONARD.

Bertrand que veux-tu dire
Et quel sujet as-tu de tant te resiouir

BERTRAND.

En l'estat ou ie suis ie ne te puis ouyr
Qu'il m'a semblé honteux & d'vne triste mine.

LEONARD.

Aprens moy ce que c'est ie te payray chopine.

BERTRAND.

Du Meilleur.

LEONARD.

Du Meilleur.

BERTRAND.

Iures en.

LEONARD.

Par ma foy

BERTRAND.

Lubin raconte luy tu le sçais mieux que moy

LVBIN.

Nous allions moy Ianot, Guillot & mon compere,
Afin de labourer aux vignes de mon frere
Quant nous sõmes passez mais de fort grand matin
Par deuant le chasteau du seigneur Valantin.
Et combien que le iour ne commençast qu'à naistre
Nous auons veu pourtant à la basse fenestre
Quelque chose de blanc qu'on a diserné mieux
Alors que le Soleil c'est leué sur ces lieux.

LEONARD.

He questoi-ce.

LVBIN,

Vn garçon sous l'habit d'vne fille,
Attaché par sa cotte aux barreaux d'vne grille,
Troussé iusque bien haut au dessus des genoux
Et montrant tout a plain ce que nous mõtrons tous.
Tout le vilage y court.

LEONARD.

Il faut que ie le voye
Et que ie participe à la commune ioye,
Adieu iusqu'à t'entost.

BERTRAND.

Où te treuueras-on.

LEONARD.

Dans vne heure au plus tard ie me rẽds au mouton.

BERTRAND.

Et là tu nous payras la chopine promise.

LEONARD.

Ouy ie vous la payray sans aucune remise,

SCENE II.

L'HOTESSE, FRANCION,

L'HOTESSE,

Vous estes fort blessé regaignons la maison,
Afin de donner ordre à vostre guerison.

FRANCION.

Chere Hotesse ce mal ne m'est gueres sensible
I'en souffre vn bien plus grand mais qui n'est pas visible,
Et qui me tient au cœur & me presse si fort
Que sans vn prompt secours ie n'attéds que la mort.

L'HOTESSE.

Monsieur expliquez moy cét embrouillé mystere
Quand vous me l'aurez dit ie sçauray bien le taire.

FRANCION.

Ie trahirois l'objet de mon affection.

L'HOTESSE.

Monsieur asseurez vous de ma discretion
Il n'est point en ces lieux de femme plus secrette.

FRANCION.

Tu sçauras donc qu'hyer i'allois treuuer Laurette
Mais ie ne songe pas que l'on peut mescouter,
Quand ie seray chez toy ie te veux tout conter,
Mais iusqu'à ce moment permets que ie te celle
Ce secret qui m'importe aussi bien qu'à ma belle.

L'HOTESSE.

Mon dieu que ie vous plains d'auoir ainsi passé
Cette nuit au serain & dedans vn fossé.

FRANCION.

Sy tost que ie fus cheu ie perdis la parole.

L'HOTESSE.

Sy la terre eust esté plus humide ou moins molle
Vous ne me diriez pas cette insigne malheur,
Qui vous a pensé perdre & qui me fais horreur.

FRANCION.

L'amour ce iuste dieu dont ie ressens la flamme
Dans ce corps languissans a retenu mon ame

Pour

Pour terminer ma peine & mettre en liberté
C'est objet de mes veux ce miracle en beauté
Puisque i'ay sa faueur ie presume & l'espere,
Que mes desseins auront vne suitte prospere.

L'HOTESSE.

Vous deuez venir prendre vne heure de sommeil
Et mettre à vostre playe vn premier appareil.

FRANCION.

Pourueu que ma Laurette ayt soucy de me plaire
Ce premier appareil ne m'est pas necessaire,
Et quant ie serois mesme en danger de mourir
Vn seul de ses regards me pourroit secourir.

L'HOTESSE.

Certes vous parlez trop allons ie vous en prie
Penscer vostre blessure en nostre Hostellerie.

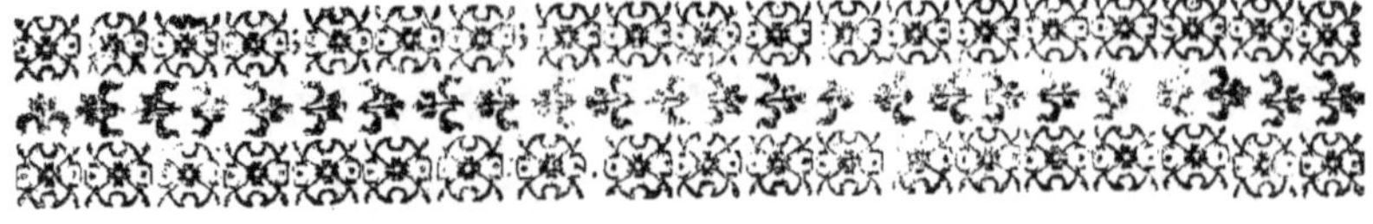

SCENE III.

VALANTIN. attaché à l'arbre.

ENfin le nouueau iour tout brillant de clarté.
De l'effroyable nuit perse l'obscurité,
Et chasse deuant luy des forests les plus sombres
L'horreur & le silence aussi bien que les ombres,
Depuis qu'vn noir Démon malgré tous mes efforts
Au tronc de cet ormeau m'a lié par le corps,
Agreable Soleil, Planette tousiours claire,
Que ie t'ay souhaitté dessus nostre hemisphere,
De qui me dois-je plaindre en mon affliction.
Sy ce n'est du sorcier & damné Francion,
Horreur de ma memoire, homme plain d'artifice
Qui sous vn front serain deguisois ta malice,
Et qui faisois semblant de vouloir m'assister
Pour accroistre mon mal & me mieux tourmenter,
Sy ie sors quelque iour de ta cruelle chaisne
Il n'est point dans l'Enfer de tourmét n'y de gehenne,

Qui ne ſoit employé à ta punition
Par ma ſeulle puiſſance & mon inuention,
Màis que diſ-je bons dieux & quelle frenaiſie
A mes ſens occupez & mon ame ſaiſie,
Imprudent que ie ſuis ie menace celuy
Qui peut m'oſter la vie & me perdre auiourd'huy.
Luy qui fais remonter des ruiſſeaux à leurs ſources
Qui retient des torrens l'impetueuſe courſe,
Qui donne de la crainte au ſouuerain des Dieux
Qui tire le Soleil & la Lune des Cieux,
Et change quant il veut auec vne figure
Cét ordre merueilleux qu'on voit en la nature,
I'implore Francion, i'implore ta bontê
Donc loing de me punir comme i'ay merité,
Et comment ſont traittez ceux qui t'oſent deſ-
plaire
Eſtains dedans mes pleurs ta haine & ta cholere.

SCENE IV.

VALANTIN, LVBIN, BERTRAND.

VALANTIN.

Elas sans chastiment on ne peut t'irriter
Car ie vois deux Démons qui vienent m'emporter,
D'vn maistre tout puissant ministres effroyables
Ayez quelque pitié de mes maux deplorables
Et ne me iettez pas en ces abismes creux
Où pour les criminels vous allumez des feux.

LVBIN.

Bertrand c'est Valantin.

BERTRAND.

O rencontre impreueuë
Ridicule accident, mais as-tu bonne veuë,
Ne te trompe tu point.

LVBIN.

Asseurement c'est luy
Qui crie & qui se plaint d'vn violent ennuy.

VALANTIN.

Puisque ie ne sçaurois flechir vostre courage
Sur ce debile corps exercez vostre rage,
Ie ne me deffends pas en l'estat ou ie suis.
Et pleurer mes malheurs est tout ce que ie puis.

BERTRAND.

Qui vous a lié là d'vne corde si forte,

VALANTIN.

Helas c'est vn Démon presque de vostre sorte.

LVBIN.

Ie crois que ce vieillard n'a pas l'esptit bien faict.

BERTRAND.

Lubin sa ialousie à produit cét effet.

LVBIN.

Remettez vous Monsieur, dedans vostre memoire
Et chassez loin de vous cette humeur triste & noire,
Nous sommes vos voisins, & non pas des Démons
Et si vous le voulez ie vous diray nos noms,
Ie m'appelle Lubin qui laboure vos terres
Qui vous suiuis par tout dans ces dernieres guerres
Qui hante tous les iours dedans vostre maison,

Luy se nomme Bertrand petit fils d'Alison
Qui trauailloit pour vous la semaine passée

VALANTIN.

Amis de tant de soins i'ay l'ame embarassée
Que ie vous estimois ce que vous n'estiés pas,
Mais coupez mes liens & venez de ce pas
M'aider à me vanger d'vne excessiue iniure
Vous sçaurez en chemin toute man aduanture,
Lors que de ce fardeau ie me sens alleger
Le mal que i'ay souffert me semble fort leger,
Mais allons immoler ce traistre à ma cholere
Tachons de luy donner le trespas pour salaire,
Et resouuenons nous du tourment qu'il ma fait
Pour auoir plus de haine à punir son forfait,
Allons mes bons amis ie payeray vostre peine.

LVBIN.

Monsieur n'y songez point.

BERTRND.

Il est tout hors d'haleine
Il escume de rage & rumine tout bas,
Mais quoy qu'il en puisse estre allons suiuons ces pas.

SCENE V.

LAVRETTE, LE PREVOST, & quelques Paysans,

LAVRETTE.

E me demandez point vn ſujet que i'ygnore
Et donc la nouueauté faict que i'en doute encore,
Car tout cecy c'eſt faiſt cependant mon ſommeil.

LE PREVOST.

Ce ſpectacle eſt eſtrange & n'a pas de pareil
Mais ſans nous amuſer à ce diſcours friuolle,
Madame permettez qu'on d'etache ce drolle,
Il faut l'interroger maintenant deuant vous
Et le traiſner apres dans la boëtte aux cailloux,
En ſon déguiſſement ſon offence s'exprime
Il eſt aſſeurement complice de ce crime.
Et quans nous aurons ſceu la verité de luy
Il faut ſans differer le punir auiourd'huy.

LAVRETTE.

Vous sçauez mieux que moy les loix de la Iustice
C'est pourquoy commandez que l'on vous obeysse,
Enmenez ce voleur hors de cette maison
Et ne l'interrogez que dedans la prison
Ie n'aurois pas le cœur de voir ce miserable
Et ie plaindrois son mal quoy qu'il fut resonnable,

LE PREVOST.

Madame ie feray ce que vous ordonnez
Detachez ce voleur & puis l'emprisonnez,
Viste depeschez, allez y tous ensemble
Ie m'y rends ausi tost.

LAVRETTE.

Mais Monsieur il me semble
Qu'il seroit à propos d'attendre Valantin.

LE PREVOST.

Et quand reuiendra-il.

LAVRETTE.

Ce sera ce matin.

LE PREVOST.

Et bien nous attendrons, mais en tous cas Madame
Ie puis le condamner sans encourir de blasme,

Car

Car la charge que i'ay me fait representer
Monsieur vostre mary quant il veut s'absenter.
Mais ne le voi-je pas du bout de la prairye
Auec le Procureur de cette Seigneurie.

LAVRETTE.

Ah! grands dieux d'où vient-il; vous arriuez à point
Pour voir un accident que vous n'attendiez point.

SCENE VI.

LAVRETTE, VALANTIN, LE PREVOST LE PROCVREVR.

VALENTIN.

I'Ay tout sceu mon cher cœur & ie ne suis en peine
Que pour l'amour de toy.

LAVRETTE.

Cette frayeur est vaine
Grace au Ciel ces voleurs n'ont pas bien reussi.

En ce qu'ils pretendoient de tout piller icy
La iustice des dieux a pris nostre d'effence
Et nous a garantis contre leur insolence.

VALANTIN.

Encore que dites vous de cette trahison
De ce monstre caché dedans nostre maison,

LAVRETTE.

Que sans doute le ciel monstre bien qu'il nous ayme
De nous auoir sauué de ce peril extresme,
Car ie m'estonne fort de ce que l'inhumain
N'a point faict dessur nous quelque coup de sa main,
Qu'il n'a point pris son temps pour nous oster la vie
Et mieux executer son execrable enuie,

VALANTIN.

Ie m'en estonne aussi mais pour trouuer l'autheur
Ie croy qu'il faut s'en prendre à nostre Operateur,

LAVRETTE.

Quoy croyez vous qu'il soit complice de ce crime,

VALANTIN.

Ouy.

LAVRETTE.

Mais vous en faisiez vne si grande estime,

VALANTIN.

C'estoit quant i'ygnorois quel estoit le dessein
Qui couuoit sy longtemps dans son coupable sein,

LAVRETTE.

Mais comment iugez vous qu'il soit de ce mistere,

VALANTIN.

Partout ce qu'il a faict.

LAVRETTE.

Mais Monsieur au contraire
Il n'est venu ceans.

VALANTIN.

Que pour nous espier
Qu'il soit coupable ou non ie veux l'estropier,
Il m'a trop fait de mal par sa noire science
Et m'a trop fait souffrir dans cette experience,
Ie veux absolument m'en venger auiourd'huy
Mais il faut donner ordre à m'asseurer de luy.

LAVRETTE.

Cependant qu'il rumine & qu'il peste & qu'il crie
Allons voir Françion dans son Hostellerye.
Autant pour l'aduertir qu'il ait à se sauuer
Comme pour luy conter ce qui vient d'arriuer,

SCENE VII.

VALANTIN, LE PREVOST, LE PROCVREVR.

LE PREVOST.

Vous pouuez commander auec toute puissance
Et tirer des effects de nostre obeissance.

LE PROCVREVR.

Puisqu'il est criminel & qu'il vous a trahy
Vous n'auez qu'à parler vous serez obey.

VALANTIN

Ie cognois vostre zele & dedans ce rencontre
Il faut mes bons amis qu'il esclate & se montre,
Pour punir ce meschant iusqu'à l'extremité
Qui m'a rendu le but de sa meschanceté.

LE PREVOST.

N'a-il point fait le vol.

VALENTIN.

En fut il incapable
D'autres crimes plus grands le rendent punissable,
Il est Magicien, & cette qualité
Veut qu'on le traitte icy comme il à merité,
Qu'on le mette au milieu d'vn buscher tout de flame
Pour mettre en cendre vn corps dont l'Enfer aura l'ame.

LE PREVOST.

Ah! dieux que dittes-vous Monsieur il est sorcier.

VALANTIN.

De plus ie ne crois pas qu'il puisse le nier
Il m'en a fait souffrir vne trop grande espreuue
Mais laisons ces discours car afin qu'on le treuue
Il faut absolument ne perdre point de temps
Dépeschez d'apeler vingt ou trente habitans,
Afin de l'inuestir & le presser de sorte
Qu'il tombe dans nos mains par quelque endroict qu'il sorte.

LE PREVOST.

Nous vous obeyrons.

LE PROCVREVR.

Vous serez satisfaict.

VALANTIN.

Ie te puniray bien du mal que tu m'as faict
Et malgré tes Démons & tout ton artifice
Tu n'eschaperas pas des mains de la Iustice,

SCENE VIII.

LAVRETTE, FRANCION, ANSELME.

FRANCION, en mettant la main à sa teste.

Ne plaignez point mon mal ie le treuue fort doux
Et i'en voudrois encor bien plus souffrir pour vous,
Car lors qu'en vous seruant i'exposerois ma vie
Ie la tiendrois pour vous heureusement rauie,
Et ie recognoistrois qu'en souffrant le trespas
Tout chacun m'enuieroit & ne me plaindroit pas.

LAVRETTE.

Ne tiens point ces discours.

FRANCION.

Permettez moy Madame
De vous donner encor ces teſmoins de ma flamme.

LAVRETTE.

Sy ſe ſont des teſmoins ils ſont vn peu flatteurs.

FRANCION.

Non Madame croyez qu'ils ne ſont point menteurs
Que ſi vous en voulez tirer vne aſſeurance,
Conſiderez vn peu qu'elle eſt voſtre puiſſance
Et vous recognoiſtrez que ie ne vous dis rien
Qui ne ſoit veritable & qu'on ne ſçache bien.

LAVRETTE.

Que ie plains ton malheur.

FRANCION.

Ah ce diſcours me tuë
Et rend encore vn coup ma conſtance abbatuë,
Madame au nom des Dieux.

LAVRETTE.

Bien mon cœur ie te crois
Mais ſors viſte dicy, ſauue toy, ſauue moy,

Car tu peus bien penser que quoy qu'il aduienne
En attaquant ta vie on s'attaque à la mienne,
Et que tu ne sçaurois tomber en ce malheur
Sans procurer ta honte & me perdre d'honneur,
Car encor que tu sois innocent de ce crime
Dont ce vieux radoteux t'accuse par maxime,
Tu ne laisseras pas de tomber en ses mains
Et de faire arriuer les malheurs que ie crains,
Tu seras descouuert, & ie seray perduë.

FRANCION.

Ie le veux mais quel bruit s'epand dedans le ruë.

LAVRETTE. en regardant.

Sans doute ce sont eux qui te viennent querir
Iuste ciel il est vray, que ne puis-je mourir.

FRANCION.

Non ne te cache point montre toy ma chere ame
C'est auiourd'huy qu'il faut faire esclater ta flamme
Car enfin pour quitter ce vieillard l'enguissant
Il te faut declarer comme il est impuissant,
Tu t'en separeras auec fort peu de peine
Et dedans nostre amour nous rirons de sa haine,
Car comme ie t'ay dit & comme ie l'entends
L'hymen un mois apres rendra nos vœux contens.

LAV-

LAVRETTE.

Je n'ose.

FRANCION.

Ah! ne crains point car outre la Justice
Mes amys s'emploiront dedans ce bon office.
Et leurs soins confondus à mon authorité
Feront tout succeder à nostre volonté.

LAVRETTE.

Mais on entre.

FRANCION.

Tiens toy ne crains rien.

ANSELME.

Je frissonne
Le cœur me bat au sein.

SCENE IX.

FRANCION, LAVRETTE, ANSELME, VALANTIN, LE PREVOST, LE PROCVREVR, L'HOTESSE, LA SERVANTE, & quelques habitans.

VALANTIN.

Aisisez sa personne,

FRANCION.

Ie ne suis pas celuy que vous imaginez
Regardez à deux fois.

VALENTIN.

Prenez amys prenez
Les magiques secrets qu'il a dans la ceruelle
Luy donnent quant il veut vne forme nouuelle,
C'est luy n'en doutez point il vous seduit les yeux.

FRANCION.

Qu'on ne m'aproche pas.

VALENTIN.

Mais que vois-je bons dieux
Laurette aupres de luy.

FRANCION.

Retirez vous de grace
Où ce bras dedans peu punira vostre audace
De quoy m'accusez vous, que voulez vous de moy.

VALANTIN.

Ma femme,

FRANCION.

Parle mieux elle n'est pas à toy
Il te la faudra rendre apres l'auoir rauie
Et tu ne l'auras plus qu'en me priuant de vie.

LE PREVOST.

Monsieur escoutez nous parlez plus doucement.

FRANCION.

Ie ne puis me tenir dans ce ressentiment.

VALANTIN.

Prenez donc ce voleur.

ANSELME.

Ah ! Dieux quelle impudence
Amis c'est vn Seigueur des premiers de la France,
Vous vous repentirez de le traitter ainsi.

VALENTIN.

Tais toy, ne parle point tu le payras aussi.

FRANCION.

Me traitter de voleur moy qui par ma naissance
Puis prendre impunement vne entiere licence,
Moy qu'on cognoist par tout & qui fais de la Cour
Depuis quinze ou vingt ans mon vnique sejour.

LE PREVOST.

Ne vous egrissez point & dites ie vous prie,
Quel sujet vous retient dans cette hostellerie,
Vostre nom, vostre rang, & vostre qualité.

FRANCION.

Ie ne vins en ces lieux que par necessité,
Et puis qu'en ce rencontre il faut que ie m'explique
Sçachez que ie n'ay pris le mestier d'Emperique
Qu'afin de recognoistre en toute liberté
Vn point dont ie voulois sçauoir la verité
Et pour vous esclarcir.

VALANTIN.

Ie ne veux rien entendre.

LE PREVOST.

Sy faut-il l'escouter auant que de le prendre

FRANCION.

Quant ie vous auray dict que ie suis Francion
Vous me recognoistrez par reputation,

LE PREVOST.

Ouy, ie cognois ce nom.

VALANTIN.

Sa fourbe est manifeste.
Quest-ce qui vous retient.

FRANCION.

Escoutez ce qui reste
Quant donc vous aurez sceu mõ rang & ma maison
Vous verrez qu'il m'accuse auec peu de raison,
Et puis pour esclaircir ce que i'ay dedans l'ame
Vous sçaurez qu'à Paris i'ay chery cette femme,
Et quelle m'engagea sa parole & sa foy
De ne prendre iamais d'autre mary que moy.

VALANTIN.

Ah! bons dieux que dit-il.

LAVRETTE.

Amour prens ma deffence
I'implore à ceſt endroit ta diuine aßiſtance.

FRANCION.

Mais comme ce vieillard l'aymoit extremement
Il ſuborna ſa mere, & fit ſi dextrement
Qu'en moins de quinze iours l'affaire fut concluë
Quoy que Laurette enfin n'y fuſt pas reſoluë,
Bref poſſedant vn bien que ie deuois auoir
I'ay voulu le rauir quant ie l'ay peu ſçauoir,
Et de peur que quelqu'vn ne me peut recognoiſtre
Ie me ſuis deguiſé.

VALANTIN.

Cela ne ſçauroit-eſtre.

LE PREVOST.

Mais puiſque vous auiez ſa parole & ſa foy
Que ne l'empeſchiez vous.

FRANCION.

I'eſtois aupres du Roy,

Et ie n'en ay receu le funeste message
Que plus de quinze iours apres son mariage,
Au reste le mestier dont ie me suis seruy
M'a faict voir vn secret dont ie suis tout rauy
Car Valantin m'a dit, qu'vne entiere impuissance
L'empeschoit d'en auoir aucune iouyssance
Il me l'a descouuert il ne le peut nier
Et ie pretens qu'il songe à se demarier,
De plus il m'a conté qu'il possedoit ma belle
Plus par la volonté de sa mere que d'elle,
Sy bien qu'àpres cela vous deuez bien penser
Qu'il ne luy reste rien que de le confesser,

VALANTIN.

Que ie suis malheureux, Parlez parlez Madame.

LAVRETTE.

Feignons de la tristesse, Ah malheureuse femme
Il est vray qu'à Paris ie luy donnay ma foy
Et ie meurs de regret de n'estre plus à moy.

FRANCION.

Madame vous deuez encore dauantage
Vous pouuez voir la fin de vostre mariage,
Et declarant bien tost vostre espoux impuissant
Vous separer de luy.

LE PREVOST.

N'est-il pas innocent.

VALANTIN.

Helas mes bons amis que luy puis je repondre
Sy tout ce que i'ay dict ne sert qu'à me confondre,
Ie voy bien maintenant que le Ciel me veut mal
Puisque rien ne m'oblige & que tout m'est fatal,
Que quant ie me prepare à venger vn outrage
C'est lors que ie suis prest d'en souffrir dauantage,
Et que ie suis contrainct le depit sur le front
D'endurer sans me plaindre vn si sanglant affront
Il a sceu de ma part quelle est mon impuissance,
Et i'ay peur que le monde en ait la connoissance,
C'est pourquoy donc de peur de rougir doublement
I'ayme mieux luy ceder Laurette doucement.

LE PREVOST.

Monsieur qu'en dites vous.

VALANTIN.

Que ie suis seul coupable.
Qu'il soit, qu'il soit heureux, comme moy miserable
Plustost que d'en venir iusques au dernier point
Sy Laurette le veut ie n'y resiste point,
Car puisque ie sçay bien que i'en suis incapable
Ie luy cede & luy rends.

ANSELME bas.

Dieux qu'il eſt charitable
Apres vn tel preſent il n'eſpargnera rien,
S'il a donné ſa femme il donnera ſon bien,
Allons luy demander: Mais ie perdrois ma peine
Car s'il à des threſors ſa bourſe n'eſt pas pleine.

LAVRETTE.

Ne me demandez point ſi ie veux ce bonheur
Luy ſeul me peut combler de plaiſir & d'honneur,
Et dans cette faueur que le ciel nous enuoye
Ie me mets en ſes mains,

FRANCION.

Et i'en paſme de ioye
Monſieur vous me forcez auec cette bonté
D'eſtre voſtre obligé iuſqu'à l'extremité.

VALENTIN. à l'eſcart.

Eſt-il rien de pareil au mal qui m'enuironne
Ie quitte ce que i'aime & de plus ie le donne,
Mais quoy puiſqu'il me faut touſiours l'abandonner
Pour eſpargner ma honte il vaut mieux le donner,
Que le Ciel vous ſoit doux cõme il me fut contraire
Et termine mes iours pour finir ma miſere.

LE PREVOST.

Monsieur pardonnez nous.

FRANCION.

Và ie n'y songe plus
Mais sans nous amuser en discours superflus,
Retournons à Paris afin que la Iustice
Iuge de vostre hymen qu'il faut quelle abolisse,
Afin que ie possede en toute liberté
Ce miracle d'amour & de fidelité.

LA SERVANTE.

Ah! dieux qui l'eust pensé.

L'HOTESSE.

Ie m'en estois doutée.

LA SERVANTE.

Voila comme il faut dire, ô quelle est effrontée
Maintenant qu'elle voit qu'elle n'aura plus rien
Elle veut m'asseurer quelle s'en doutoit bien.

FRANCION.

Allons cher Valantin chassé cette tristesse
Ie te veux dedans peu donner vne maistresse
Dont l'age ou peu s'en faut esgalera le tien
Et qui n'est pas trop laide.

VALANTIN.

A elle de bon bien.

FRANCION.

Elle à dedans Paris trois mille escus de rente.

VALENTIN.

Ce seroit bien mon faict.

FRANCION.

Elle en ſera contente

VALANTIN.

Sur tout ne dites rien.

FRANCION.

Allez ie ſuis pour vous.

LE PREVOST.

Mais pour ce priſonnier, Monſieur qu'en ferõs nous.

VALANTIN.

Puiſque tout eſt remply d'alegreſſe & de ioye
Il faut qu'on l'elargiſſe & que l'on le renuoye,
Il ne nous à rien pris & nous ne pouuons pas
Qu'auec trop de rigueur aduancer ſon treſpas.

LE PREVOST.

Vous ſerez obey i'y vais des la meſme heure.

FRANCION.

Allons ne tardons plus quittons cette demeure
Et ſi dedans Paris nous reſtons tous contens
Nous y viendrons bien toſt y mieux paſſer le temps.

L'HOTESSE.

Dieux comme en vn moment toute choſe ſe change
Admire vn peu ma fille,

LA SERVANTE.

O l'aduenture eſtrange,
Ie me flattois deſ-ja d'vn amour deceuant.
Mais enfin vous & moy ne tenons que du vent,

L'HOTESSE.

Que veux-tu, Mais il faut en perdant leur presence
Quitter entierement l'amour & l'esperance.

ANSELME.

Adieu cher pot poury de mon affection
Que l'amour te console en cette affliction,
Et que ce petit dieu dont ie resens la flamme
Conserue pour iamais mon pourtraict dans ton ame
Mon souuenir pourra soulager tes douleurs
Adieu mon petit cœur ne verse point de pleurs,
Et garde bien sur tout qu'vne damnable enuie
Loing de moy ne t'incite à te priuer de vie,
Mais sans perdre le temps en tant de vains propos
N'ayons plus de soucy de l'amour de mon Maistre
Et mourons quoy qu'il en puisse estre

Entre les verres & les pots.

FIN.

www.ingramcontent.com/pod-product-compliance
Lightning Source LLC
LaVergne TN
LVHW012008220826
846092LV00001B/279

* 9 7 8 2 3 2 9 7 7 4 1 1 4 *